到云朵上面去

王若虚 主编

上海文艺出版社

序

王若虚

这事儿说来话挺长。

十多年前，二零零八年，上海市作家协会设立了“文学百校行”办公室。一看名字就知道，这是个和校园、青少年有关的部门。当时的主任是退休前曾任位育高中副校长的钱涛老师（同时也是诗人），成员有当时在作协创联室任职的李伟长老师（也是文学评论家），以及刚加入作协的我。

当时“百校行”主要工作内容是两块：联系成熟的作家进中学大学校园做讲座，另外就是在学生当中挖掘和培养有写作潜力的新人。后一项内容，主要是通过名为“新创作网”的电子论坛，吸引喜欢写作的青少年上来投稿、交流，其中的好作品会发在电子杂志《零》。

彼时，八零后作者尚如日中天，而“百校行”已经在关注更新一代的写作者。今天不少小有名气的九零后作家，在其创作初期，都和“新创作网”、《零》杂志、“文学百校行”有过交集。

到了二零一零年，我们决定出版实体的读物，所以之后两年内，相继有《小说酱》《小说病人》等四本主题读物面世，收录了以九零后作者为创作主体的作品。

二零一三年，我们又策划出版了第一批共五人的个人作品集，其中包括后来成为特立独行的公众号主笔的吴清缘（《单挑》）、目前在人民大学创意写作班深造的三三（《离魂记》）、后来获得“澎湃非虚构写作大赛”一等奖的陈观良（《丫的伪大爱情电影》）、现任《青年文学》杂志编辑的修新羽（《死于荣耀之夜》）。

自一三年起的这个专门为新人出版个人作品集的计划，直到今天还在继续，像另维、王占黑、王侃瑜、李驰翔、齐鸣宇、鲁一凡、王江山、李元、谈衍良、焦雨溪、李胜法等等，最近的两本是由上海文艺出版社出版的《骑楼上的刘小姐》（作者张心怡）和《佳人爱我乎》

（作者王辉城）。这么说吧，作为整个项目的主要策划者之一，我都有点记不清我们已经出版了多少个九零后作者生平的第一本书了。

除了出版，在活动策划方面，“文学百校行”也一直在搞事情。

二零一二年我们举办了首届“会师上海·90后创意小说战”，面向全国选拔优秀的年轻小说作者。这个全国性比赛一共办了四届，其中的部分优秀选手都通过我们出版了个人作品集，如国生（第一届总冠军）、谭人轻（第二届总冠军）、徐畅（第三届总冠军、现为《上海文学》杂志编辑）、黄先智（第四届总冠军）、贾彬彬（第一届十二强）、李昱萱（第一届十二强）等。

在二零一四年，也就是“会师上海”举办到第三届时，八月的颁奖典礼结束后，我们又搞了一个全新的项目：“黑马星期六·上海文学新秀选拔”。这是一个针对上海地区高中生的写作素质选拔，要成为最后的总冠军和六强，选手必须经过七轮命题写作测试，题目都比较刁钻，层层淘汰，可以复活逆袭，总之惊心动魄。这个比赛的先进之处在于，选手在后几轮的现场比赛中，需要自带笔记本电脑，也可以用平板电脑和手机写作。

二零二零年，“会师上海”虽停办，但“黑马星期六”仍在继续（至今已是第七届，参加者多为零二、零三年出生），我们的出版项目也在继续，《零》电子杂志也在继续——只不过从需要下载到电脑里的EXE文件变成了微信公号。

现在的《零》杂志设立了两个全新栏目：五百到一千字的校园故事，以及命题写作——每个月编辑部公布两次题目，广大有心人根据题目写作然后投稿。

而你现在手里拿着的这套“有趣”，正是集以上各种活动、栏目的大成者。我们从“黑马星期六”历届优秀获奖作品、《零》电子杂志的原创小说栏目里精选了有趣的文章，以及一些约稿作品，汇编成这个书系。

希望你能喜欢。

如果你喜欢写作，欢迎关注我们。

目 录

命题

†

常去的结局　岑蔚　...3

失物招领　西阵　...14

猫的自画像　易只猫　...24

忘情水　颀之　...36

地板上的三个烟头　NLF 怿　...43

一个“贵族”的自白　叶千澜　...53

非经典武侠小说　予酒　...62

PK

†

必须在雨停之前…… 陈言 ...73

必须在雨停之前…… 朱怡萍 ...87

故事中的故事 董睿 ...99

故事中的故事 孔令轩 ...118

对话博尔赫斯 王翰乾 ...135

对话海因里希·冯·克莱斯特 吴释然 ...146

黑马

†

背包 邓瑞康 ...161

原本有个惊喜 黄高鸣 ...166

警察向小偷敬了个礼 张馨匀 ...178

投稿

†

到云朵上面去　盈余　...189

恋人扭蛋机　程君霓　...198

组诗：社畜之歌　赵几歪　...208

校园

†

实验动物　曹勐　...217

等我上大学就能天天打游戏了　一只氢键　...225

卷烟　周诚嘉　...230

老师谈钱伤感情　西普　...237

烟味何处来　赵丰年　...244

作弊　使酒好剑　...251

冷门书单

†

古代猫奴行动指南
——一霸气外露的古人撸猫圣经　宋睿洋　...259

另类趣味解读人类工业文明
——撩开中世纪神秘面纱的《黑石头的爱与恨》　宋睿洋　...263

烧不掉的幽默
——“那本书有毒，比千只蝎子的毒性还大”　王元　...268

生死相关　壹佰　...275

命题

常去的结局

岑蔚

略弯着腰，穿过阁楼低矮的门，他朝我走来。

“好久不见。”

“啊，是你。”

“坐这里好吗？”他手指着我对面的椅子，却没等我回答就坐下了。

我们坐在离矮门最远的座位。这不过是老城区无数不起眼的小店中的一间，老建筑的阁楼狭小，却也能挤下三组桌椅。拉一根电线，吊小小一颗电灯，老板就又能在饭点多招呼几桌客人。

“你点了什么？”

“鱼丸汤粉。”

“我也是。”他嗤的一声笑了，“怎么我们就只好这一口。”

“毕业这么多年了，最近在做什么呢?”

“我啊，”他托着下巴，“你觉得呢?”我摇头。

“我刚辞职，从一家广告公司，我打算专注写小说了。”

“是吗?”我笑出了声。

“怎么，很好笑吗?”

“不是，是觉得，我猜对了，你还会走上这条路的。”

“你这么了解我吗?”

“是啊，以前看了那么多你写的小说。”话一说出口我却突然有些后悔——或许不应该这么说，好像平白让人抓住了把柄。

“真的吗，那你想知道我下一篇要写什么吗?”

“写什么呢?”

“写一个小说家。”他突然笑了。

“他年少成名，大红大紫，该出的书也出了，能拿的奖也拿遍了，爱上他第一本书的责编，快活地结了婚，快活地写小说，快活地过日子。”他自顾自讲了起来。

“可是……”他的话被一串凿墙的声音打断，“在施工吗？这都晚上了。”

“是啊，老城区改建，这一片都要拆的，这边都是单层商铺，不算居民区。施工队也在赶工吧。”

“这么清楚，你常来这里吗?”

每一天。但我没有说出口。“你接着说吧。”

“可是某一天，他发现自己写不出东西了，不是灵感缺乏，是枯竭，脑子也变得焦渴，却没有水。”他清了清嗓子，“他也不善于理财，轻易地把版税稿费投进没谱的投资。等到发觉自己已经没有直接收入的时候，才发现自己没有多少积蓄。他焦虑到一遍遍拿头撞墙，嗯，他是一个容易情绪失控的人，他的妻子被他的行为吓到，惊慌地离开了家。没有人看到他最后是怎么把刀对准了自己的心脏的。”

“很像是你会写的东西。”

“怎么说?”

“盛极必衰，但又不是让衰竭作结局，最后一定要刺痛感官。”

“你的描述也很有趣，可是我还没说完，这还不是结局。杀死自己后，他重生了，回到第一本书出版前。他去银行取稿费，又看到了熟悉的脸。”

“他的妻子吗？”

“对，这一次她不是编辑，是银行职员，他走到她的柜台前。你能想象吗？同一张脸，同一个人，完全不同的身份。”

“他还是爱她的，他始终爱着她。重新遇见她的那一刻，他就重新规划了自己的人生，他知道自己能写多少东西，他打算避开所有曾经的错误选择，就算把钱全存进银行吃利息，等到他写无可写的时候，他们也能过得富足。”

“一个 happy ending 吗？”

“如果按照他的计划，是的。可是这一次，他没有出头。一模一样的作品，一模一样的排版和设计，一模一样的装帧，但是这一次，他的书无人问津，堆在仓库吃灰。除了写小说，他也不会做别的事情，他没有稳定的生计来源，但是她，哦，就是他的妻子，却还是选择嫁给他，一份银行职员的薪水支撑两个人的生活。或许就这么过下去也很好，除了他会被人叫成软饭男。”他突然发笑，“但是起码，他和她能在一起。”

“后来她还升职了，生活也逐渐过得宽裕一些，他们就打算要个孩子。可是孩子没有能够在故事里出现，她死在了产床上。

“他很绝望，在她的墓碑前又一次把刀子对准了自己。他也不知道，如果他们足够有钱能去更好的医院生产，或者那一天他能够有更多的钱去抢救她，是不是这就会是对他们而言结局最好的故事。一个不富裕却安稳的三口之家。”

“似乎太戏剧性了。”

“嗯，原本我也不相信生活会这样捉弄一个人，但故事就是这样写的。”

“那如果你和他一样，也只能做个无人问津的小说家，穷困潦倒，你也还会一条道走到黑吗?”

“不会有这样的情况发生了，起码现在不会。”

“之后呢？又一次复活?”

“你实在是很了解我。”

“可是我不觉得这像是你会写的小说，我以为你总是倾向于写现实而不是这样的幻想。”

“幻想如果没有被证伪，你也不能说它就不是现实。”他提高了音量，阁楼外，施工的声音愈发吵闹。“他又一次重生，又一次回到取稿费前的节点，他看见收款信息，却不敢去银行——他不想让上一次的一生再来一遍，但是不重来的话，他又不知道自己会过怎样的一生。他就是这么懦弱的人，就这样窝在租来的房子里，直到房东的女儿来敲门收租。”

“是她吧。”

“对，于是他知道故事又重新开始了。他觉得自己一直在被玩弄，明明他只是想和她安稳地在一起。他在想，这是不是一种报复，报复他一直以来写小说时给人物安排悲惨的命运。可是你说，就像你认为的我应该写的现实，确实也是充斥着不幸的吧，他并没有恶意。”

“一种报复……吗？”

“他当时这么觉得。所以这一次，他不愿意继续写小说，老老实实找一份勉强做得来的工作，又费尽了所有的气力，让她再一次和他在一起。”

“是迄今为止听起来最好的生活了，除了他不写小说。”

“如果是这样当然好，直到他发现，她根本不爱他。其实说真的，那样一个平庸无趣的他，又怎么能奢求她再爱他呢？她离开的那天，他跳入了江水。”

“他其实只是想重头再来吧。”

“是啊，他就是这样，不断地宕机，不断地重来。但小说明明有无数个开头，却都指向让他心碎的结局，不得善终。”

我猜想此刻，阁楼外施工队工人抡起锤子砸向老墙的动作应该很洒脱，因为每一下都声响巨大，钩机和吊车的履带应该正碾压着带有黑色苔迹的老墙墙皮，发出尖锐刺耳的嘎吱声。

我们的对话不断被这一阵一阵的响动打断，他张张嘴，似乎还想说点什么，却选择起身，“有点慢，我下楼去催一催。”

“好。”

“你应该是，不加香菜，加豆皮和豆酱的一份，对吗？”

“你怎么知道？”

“因为我记得。”

我一怔。

“我记得你高中也喜欢这样点。没记错吧。”他只给我留下一个背影。

而我却陷入恍惚。他下楼的时间好像被拉得无限长，慈悲宽容地允许我闭上眼睛看见多年前的一切，包括在放学后无人的教室翻看刚发下来时被班上同学哄抢的校刊，午休后刻意经过甚至造作停留的楼梯口，在课间重复模仿的字迹。

而他全权占有这些过往。

“老板娘说快了。你怎么在发呆？”

“没什么，想起高中时候的一些事情，你当时很受欢迎啊，好多女生喜欢你来着，我记得那个……”

“那你呢？”他打断我，看着我的眼睛，不容许我继续自欺欺人地把自己埋在这“好多”中。

阁楼外，施工队似乎已经动用了电钻。噪声中，我只能断断续续听见他的声音。

“对不起……我当时不觉得是合适的时机。可是毕业了就和你没了联系……我知道以前你也经常来这里……”

突然，他的手冲过桌面，抓住了我的。

“我能不能弥补当年的胆怯。”那是我听得最清晰的一句，而我却始终感激此刻施工队的嘈杂，因为这多少盖过了我的声音。

成年人本不应该在公共场合哭泣。

施工的噪音越来越大，我甚至觉得那些电钻和锤子对准的不是老城区年久的墙，而是一下一下，向我的头颅进攻。虽然我不确定进攻的到底是噪声，还是他的话语。

他几乎是喊着对我说出，“我一直是爱你的。”那是嘈杂的巅峰。

之后，一切就都安静了。

“听得见我说话吗?”黑暗中，他的手握紧了我的。“如果你愿意，让我把故事说完，好吗?”

“那个永远循环的故事吗?”

“是，那个倒霉的人，被一遍遍惩罚，一遍遍重新开启人生，却永远不得善终。但他逐渐发现，他爱的人的身份，决定了故事的走向和故事的结局，当她是编辑、银行职员，或房东的女儿，明明是同一个人，同一张脸，却有不同的身份。你听得见我说话吗?”

“可以。”我试着把话说得清晰，却在张嘴时尝到浓烈的腥气，一股瘙痒从额头爬到嘴角。我的身体应该覆着石头和砖块。

“不得善终，这是他的命，可是死和死又有不同，那么多不堪的结局里，他逐渐有了最爱的一个，在那里，他再一次遇见她，高中时暗暗爱着的那一位，在老城区的小店。他表白心迹，小店却在那一瞬间坍塌，他们一起在废墟中死去。”

他把我的手握得更紧。“我永远也没办法知道事故的原因是什么，哪一个工人错敲了哪一堵墙，还是哪一辆钩机失去控制砸了下来，我也曾经试过带你逃出去，但是始终没办法做到，因为这就是结局。可是在所有的结局里，我最喜欢这一个。我们清晰笃定地相爱，这就是我们的白头偕老。”

“每当我重启一次，我就拼命寻找老城区的某间小店，小店的阁楼上坐着你。虽然不是次次如愿，因为有时候你会在我找到你之前出现，带我去其他结局，但我已经拼尽全力，让这一刻，成为我最常去的结局。”他的手，在一点一点放开。我感觉不到疼痛，只是大脑在变得混沌模糊。

又要重新开始了……吗？

这也是我最喜欢的结局。无数次，我几乎要把话说出口，如果没有堆在我们之间的砖块，我就能看见他的愕然，但我不能。

他不会知道，如果他是被上帝选中的受罚者，我甚至只是配合这一场惩罚的棋子，日复一日坐在这阁楼。

而我不知道，哪一天，他会略弯着腰，走进低矮的门，朝我走来。也不知道他会不会被其他棋子先行带走，我们的故事甚至不会开始。

选择权在他，或者说，在上帝，又或者他就是上帝。

在他走进门之前，我什么都不知道。我唯一确定的是，这就是我日复一日祈祷的终点，祈祷着，这永远是他，选择常去的结局。

失物招领

西阵

1

五月初的时候，他在家门前捡到一只猫。

他住在一幢老旧的酒店式公寓，坐落在一段长长的坡道的尽头。老房东是个严肃的老爷子，不仅每天把每间房都打扫得干干净净，扔起那些偷溜进公寓的小动物来也是毫不含糊。住在他楼上的贺斋曾瞒着老爷子窝藏了一只跟着他回家的黄鼠狼，案发当晚连人带鼬一起被扔了出去。

那是只肥得很有风情的猫，连皮毛都泛着富贵的油光，喜欢像狗一样敞开肚皮在院子里睡个四脚朝天。贺斋对此很是赏识，当天就单方面和猫结下了父子情，想把它领回家里——老爷子退居二线后，孙子接替他成为新的公寓管理人，只不过成天神龙见首不见尾，这幢所谓的“酒店式公寓”就此彻底沦为普通的筒子楼，宠物禁令自然自动失效。

猫在他家门口晃了三天，第四天的时候他打印了一沓传单，下班后从城西一路贴到城东，回到公寓时天已经黑了个透。贺斋大概是听到了脚步声，从二楼的窗口探出脑袋喊他的名字，他闻声抬起头，却一眼瞥见窗边还坐着一个人影。他正想眯起眼辨认那是谁，人影却已经站起身子，很郑重地朝他的方向深深鞠了一躬，脖颈处露出一截触目惊心的疤痕。

他一下子摸不清状况，三步并两步匆匆上了楼。

人影是个虚弱得可以用枯槁形容的女性，白得病态的脸上镶两颗大大的眼珠，眼窝处凹陷下去，显得她比起人偶更像一具裹了皮的骨架。但这并不妨碍她仍是个美丽异常的女人，长而卷的黑发与空荡荡的黑眼睛，和他自杀的母亲有几分相像。他推门进屋的时候，女人又极深地朝他鞠了一躬，抬起头时，卷曲的发丝从那同样苍白的唇边拂过，她伸出鲜红的舌尖将发丝卷进嘴里，细细地抿着，继而弯眼朝他微微笑，流露出一种诡异的天真与欢喜。

女人自称是猫的主人，一年零五天十四小时三十八分钟前弄丢了这只肥猫，在城西看到“失猫招领”的告示后立刻赶了过来。短短的一段话被女人讲得支离破碎，他们一面从话中感到某种违和感，一面却又没有理由不相信——女人甚至知道猫屁股上有颗爱心，还发了朋友圈以示纪念——引得贺斋更欣赏它。肥得完全不像流浪了一年的猫被女人搂在怀里，出门的时候喉咙里发出咕噜咕噜的声音，冰蓝色的眼睛直盯着他看。贺斋很是不舍，他却下意识地别开眼——女人看向猫的眼神让他想起某些东西，比如深夜的灯火，比如雪地的脚印，又比如他与母亲。

女人带着猫回了家，奇怪的事却在第二天发生，并大有一发不可收拾的态势。

最开始是一个少年，后来又来了一位老太。他们一前一后来，称自己为猫主人，在傍晚时分为猫的归属吵得不可开交。他茫然地接过两人塞过来的证明材料，照片里都是那只自在逍遥的猫。他说对不起，没办法，猫在昨天已经被领……然后他猛地顿住，两位失主顺着他的目光望过去，欣喜若狂。昨天被领走的猫顺着坡道爬上来，屁股上有颗爱心。

老太红了眼眶，一把将猫揽进怀里，少年不好意思上手抢，只急得跺脚，说这样不行。

这回他学聪明了，迅速退后几步远离战场，远远提议道，不如让猫来决定吧。

猫满意地喵了声，挣出老太的怀抱，径直越过少年，在公寓的台阶上缩成了一团。

2

猫在公寓门前悠哉游哉地晃了好几周。

某天早上他们大眼瞪小眼地对视三分钟，最终以他的妥协告终。他让出大门，猫吧嗒吧嗒优雅地迈过门槛，在他家定了居。这期间仍有形形色色的人来认领过猫，五金店老板娘，城西的阿婆，城东的大爷，主仆情义或长或短，长至一个月，短至三天。猫当天被领回去，隔天又自己溜达回来。你还真是处处留情啊，某天他拎起猫的后颈皮，觉得好笑。猫仰起脑袋，无辜地喵了声。贺斋赞其为绝世渣男，画进了自己的新连载里，很受好评。

猫确实活得很有几分潇洒劲，潇洒在它从未认为自己属于谁，也不认为谁属于自己，因而想留就留，想走就走。无情的家伙，他捏住猫的脸，很是嫌弃。他的母亲也是这样一个潇洒的人，比起猫来甚至有过之而无不及，因而也显得更无情。但在更多的时候，他总是做不到真的寒心，母亲偶尔做一次饭，关心一下她根本不需要操心的成绩，他就总又能存一丝希望。听闻女人从楼顶跳下的时候，他在雪地里站了很久很久，只是呆呆地站着，一时间突然觉得很多事情都不明白起来。后来他得到那张照片，得知真相，觉得自己似乎明白了什么，却又好像从一开始就搞错了什么。

二月快结束的时候，那个骷髅般的女人曾来过一次。那时贺斋突然动了要种山茶花的念头，说是为了让茶花长到二楼，要先种一棵油树，再把茶花嫁接到树枝上——如此声势浩大的一个工程，引得整幢公寓的住户都探出头来围观，猫也跟着凑热闹，窝在树下打盹。

事后再回想起来，他已经不记得争执的开端是什么，却对女人紧紧将猫囚在怀里的场景记忆犹新。她比上次见面时更瘦，伤疤也更多，无意间掀起的袖口下露出一截烫伤似的红斑，苍白的嘴唇颤抖，贴在猫的耳边，不停地念叨着什么。那天恰好老爷子也在，一番威胁的话说得冷漠又可怕，女人却只是站在原地，毫无反应。直到不知是谁喊了句“猫有猫权，它不属于你”时，女人突然猛地抬头，声音颤抖着，嘶哑却又尖厉。但我属于它！她厉声说，接着连带着身体也跟着颤抖起来。但我属于它……她颤声说。

老爷子蹙起眉，他却愣住。片刻的错愕后，涌上胸腔的是某种酸涩的情绪，与无端的愤怒。可那究竟是针对谁的怒意，他不知道。他只记得自己以某种强硬的姿态挡在了女人面前，但他轻声说，请回吧。

猫没了桎梏，嗖嗖嗖地蹿到他的脚边，没心没肺地喵了几声，看也没看歇斯底里的女人一眼。他蹲下身子，和猫大眼瞪小眼，那双冰蓝色的眼睛像一片平静的湖泊，没有一丝波澜。他突然释然。

3

女人失魂落魄地回去的晚上，他做了一个梦。

梦中他成了一只猫，被抱在母亲的怀中。那是个可怜的女人，年轻时是某个意大利剧团的领舞，有明艳的脸和刻薄的嘴，后来年纪渐长，便只剩下刻薄。男人带着小女儿离开了，只留下她和她的猫——猫想当然地以为自己是属于这里的。在梦中，他很有点相依为命的使命感，因而努力地想要当一只好猫。看家门，抓老鼠，深夜时为女人留下一盏灯，他甚至做好了一沓“失猫招领”，防止自己走丢了女人找不到他。可她的内里早已腐烂，徒留一副摧枯拉朽的骨架，大大的眼睛，苍白的面庞，她像具摇摇欲坠的骷髅，最后真的从楼顶摔了下去。猫穿过大雪去参加她的葬礼，雪地上落满他的脚印。

他从梦中醒来的时候，天还没有亮全，海蓝的天幕间透出一点晨曦的微光。

梦里的场景已经开始消失，卷着过往的思绪潮汐般退去。他茫然地坐了一会儿，半晌后才慢吞吞地支起身子，在床头柜里乱翻了一通，扯出一张看上去上了点年头的照片。他左手攥着照片，右手从被炉桌上捞了条毛毯，趿拉着拖鞋朝天台走去。

过去曾听贺斋说起，坐落在坡道尽头的这幢公寓曾是小城的最佳观景点，极目远眺，能看到尽头蔚蓝的海。他裹着毛毯爬上天台，看如今城西的建筑拔地而起，挡住幻想中无限延伸的海。时间是早晨六点半，天空低低地浮在清晨的街道上，夜里没来由的雾气还未散去，与被染成淡淡天色的熹光悄无声息地融在一起，倾洒在这座仍在沉睡的小城。

冬风刺骨，不带一丝温情地从身旁掠过，吹得薄薄的毛毯也飞扬起来，在风中猎猎作响。他趴在栏杆上，捏着照片的一角，眼里映出一点没入高楼阴影后的最后的霞光。

半年前他在意大利出差时拍下这张照片。照片上的女人坐在台阶上叼着一支烟，几年前他作为儿子参加过她的葬礼。他向人打听她的经历，隔了两条街的卖花女告诉他，女人五年前跟着一个剧团男人私奔到这里，没多久分了手，后来她就靠在街边跳舞赚钱。

不过你看，卖花的老妇人眯起眼，看远处那条舞动的红裙，她还是个很有风情的女人，每隔半年还会到我这里买一束花，过得有滋有味。

猫不知道是什么时候溜上来的。他听见天台的铁门吱吱呀呀地响，循声望过去，猫已经喵喵叫着，像海参一样贴着地挪了过来。他捞出老爷子藏在天台上的高级打火机，蹲下身子把冻得哆嗦的猫拢在毛毯下，一人一猫蜷缩在一起，看被点燃的相片消失在这簇冬日唯一的火光中。

你还真是自由啊。他挠挠猫的下巴，自言自语道。

猫很受用地抖了抖毛。

4

夏天快到的时候，猫离开了这幢公寓，在门口留下一把贺斋种的山茶花算作道别，走得很潇洒。

隔天他拽上贺斋去撕“失猫招领”，以防后患，由此顺道回了一趟城西的家。那栋楼已经废弃很久，名义上还保留着路牌和门牌号，内里已经空无一人。他循着记忆在单元楼里穿梭，在那扇熟悉的绿铁门前找到一处花束的坟墓。

无人接收的花束堆积在铁门前，枯萎的花瓣杂乱无章地散落一地，腐烂的玫瑰中生出蠕动的蛆虫，而蚊蝇盘旋其中。肮脏的花束的坟墓，等待着失主将其取回。

他没有回头。

猫的自画像

易只猫

1

重庆八月里昏暗的阴天，憋闷，抑着鼻息。空气潮湿着，紧紧攥住行人的呼吸，像是《西游记》里的妖怪咬着脖颈吮了一口精气。

阿静拉着笨重的大行李箱，艰难地走着，撇了撇嘴，到了房间先开空调，这个鬼天气！路上的人看着这个姑娘，满头的汗珠子混着发丝流下来，挺直了腰板却撅着屁股向前拖着那么一大件行李，觉得这孩子是刚来这里工作吧。

其实阿静来重庆很久了，如果算上今后的三年，都快七年了。她在这里完成了大学本科四年的学业，又留在本校准备读研。阿静掐着指头算过，这四年里她交了三个男朋友，换了两次寝室，做了四次实习。对了，还有搬了两次“家”，就是她读本科时偷偷搬到外面租房子住，因为室友都觉得她太会骗人了，总说谎。她上一任男友说过，他在网上看到过女生一生会说四千万个谎话，他觉得阿静一天就能说一万个。

我只不过是一个善于编织故事体察情感的天秤座而已，哪里有骗人那么严重。阿静晚上窝在被子里的时候总这么想。

2

终于到了，这是她新租的房子，即将生活三年的“家”。

木质棕黄色的装修，三十五平米的屋子五脏俱全，除了那个厨房有点小，够不了她和男朋友一起做饭。阿静和房东谈好了按季度付钱，押一付三协议一年。房东不肯降价，好像见惯了毁约跑人的，只不过拿了一只猫给阿静。

那只猫很活泼，棕色的眸子很是漂亮，浅黄色的毛摸起来软得像极了阿静新买的那块白色绒毛的圆地毯。那是她为了新房子专门问妈妈拿了钱，说是自己在学校肺炎住院才得来的。

房东说，猫是上次住这儿的人养的，后来那人欠了房租跑了，东西都没带，这只猫也丢下了。房东来收房子的时候，猫一直趴在电脑上不走，房东联系不到那个人，就收了他的电脑，也收了他的猫。阿静摸着猫低头撇着嘴想：那你是不忍心猫，还是拿了人家的东西亏心啊。

猫似乎听见了阿静心里的声音，对着她眯了眯眼，“喵”地叫了几声，甚至还伸出了爪子摸了摸她的手。

阿静觉得，这只猫似乎和她合得来。她把猫抱在怀里，觉得暖暖的，空调房太冷了，像个冰窖一样。

一切妥当，房东临出门还回头看了眼阿静怀里的猫，说：“它叫小天，喜欢盯着手机电脑看，你要注意别让它看太多了。”说完便走了。阿静看房东出了门，嘀咕着：把猫当人养吗？看多了还会近视不成。她觉得可笑极了，便放下猫开始收拾东西。

猫摇着尾巴跳到了阳台那边的沙发上，扒着窗户低头望眼欲穿，阿静瞧了眼，原来是在给房东送行，还是只念旧情的猫。

阿静转身去拿扫帚扫地了，她没看到猫的爪子在窗户上晃了两下，像人一样挥手告别，还龇着牙咧开了嘴，可能是在笑吧。

3

阿静收拾了两天屋子，终于算是有点“家”的感觉了。这几天猫也很乖，阿静忙的时候它也不捣乱就在沙发上窝着睡觉，闲的时候它就跑过来依偎在阿静怀里蹭来蹭去的。奇怪的是，每次打开电视，猫像是着了迷一样盯着屏幕，眼珠都不转地看着，一点儿都不困。看来房东说的没错，这只猫还真是特别。

周末接到电话，阿静的男朋友说要加班，没时间过来了。阿静觉得是他厌恶了吧，上次五一阿静要去韩国旅游，求他资助了几千块钱，后来却拿钱去了成都，吃了几顿火锅，见了几个人，买了点衣服，钱自然就没剩多少了。

阿静很烦，把身上的运动服扯下来扔在沙发上，换上了真丝睡衣，打开手机点了汉堡炸鸡还有小火锅，够四个人吃，然后开始追剧。

每次都是这样，明明决定好了要从今天开始改变什么，却被莫名其妙的事情给泼了个狗血淋头。阿静总是想，既然今天做不好，那明天再做好了。瞥了眼冰箱上贴的便利贴，写着：明天早上要去图书馆写论文，下午要去健身房跑步。破事情真多，过了今天再说吧。四仰八叉地躺在沙发里，她开始了夜晚的黑生活。

猫也看着手机，比阿静看得还起劲。

4

阿静又和男朋友分手了。她猜得没错，她男朋友觉得她谎话太多了，觉得没什么信任和感情可言。说阿静不难过是假的，内心却也没什么太大的波澜。她告诉自己：没事，我自己能过好的。她搂着猫埋下脸蹭着，猫不安分地扭着身子，似乎是被勒得太紧了。

后来，冰箱里只装着猫粮和牛奶，连阿静最爱吃的西瓜都没有。

重庆的夏天太绵长了，九月的风吹过脸上还带着湿重的霉味。阿静讨厌这种天气，闷得她什么都不想干，身体懒洋洋的困乏极了。那只猫也很讨厌，竟然开始发脾气了，差点挠伤了她，气得阿静一巴掌打了过去。自那之后，猫不爱和她亲近了，开始望着窗外，有时候就趴在窗边静静地看着阿静。

有时候阿静想，这只猫是在嘲笑她吗？她没了男朋友的“资助”，只能从手机上用某宝的“滑”呗、“接”呗，从一千到五千，再到两万，像雪球一样越滚越大，只能还了再借，借了再还。可是，阿静还是放不下那个一万多的包包，总是睡前打开手机看看有没有降价，有没有折扣。似乎看着那个昂贵的包包，阿静才觉得明天的日子有了奔头，才能把自己从腐烂堆里拉起来。

再后来，阿静兼职还了一部分钱，还交了新的男朋友替她还了剩下所有的钱。她和这个男朋友说，她妈妈心脏病住院了，家里已经出不起钱了。看来，她又要过上日日哭天抹泪假装难过的戏子生活了。

猫看着她，怜悯而期待，这种眼神真可怕。阿静拍了猫一巴掌，猫跃下沙发就走了，头都没回。

5

“小天?”阿静打了个哈欠喊着猫的名字。猫不见了。阿静也懒得找，爬起来去化妆准备陪男朋友吃饭。忘了说，现在这个男朋友比她大十二岁，但看着还是年轻的，只是多了点儿成熟稳重而已，阿静一直都这么觉得。

二十一岁，脸上却多是成熟媚态，还好是用一点粉脂就能装清纯的年纪。

研究生的生活开始了，挂科重修一一找上门，阿静并没有像她计划的那样每天认真学习努力健身。猫也越来越大、越来越有灵气了，有时候觉得它像个旁观者一样，沉默冷淡地看着阿静演着戏过日子。

给你一个机会，你还会来这里吗?这是阿静最近经常想的一句话。想不明白，不想了。

名牌的包，昂贵的连衣裙，上下课代步的车，这些阿静男朋友都给她了。唯一没有提过的是，要让阿静住进大房子里。后来阿静在家门口被一个看起来像朵枯萎的花一样的中年女人甩了一巴掌才知道，自己被骗了，那个男人连孩子都上小学了。

阿静不是没想过要那个男人给她婚姻，因为她有点累了，演不下去了。每每问到这件事，男人从来不犹豫，只是说等你毕业我们就在一起。那时候阿静被贪欲包裹着，被宠爱浸溺着，哪里记得他从未直接提过结婚这两个字，从来都是晃晃而过。

演戏专业户被骗得彻彻底底，阿静哭不出声音，悲伤噎在喉咙里叫嚣着。

猫睨着眼睛看着阿静，冷漠，闪过一丝同情，又似乎得意着，转头看着窗外，十六的月亮真圆。

6

阳光直愣愣地打在身上，闭着眼睛都被照得刺痛。阿静哭了一夜，睡醒了。“小天?”伸个懒腰打着哈欠，迷迷糊糊地揉着眼睛。这只猫又不见了，找个时间还给房东吧。

嗯？为什么感觉身体这么软趴趴的，阿静眯着眼睛看自己的手。什么！怎么回事?!阿静吓坏了，慌慌张张地跑向镜子，下床的时候“咣”一下摔到了地上。

她变成了一只猫，猫的爪子，猫的尾巴，猫的眼睛和脸。这只猫很像一个人，不是，像小天！

为什么我会变成小天？小天去哪里了呢？这到底怎么回事？无数个疑问砸向阿静，她急得想大吼，却只发出“喵，喵”的声音。

她想打开门却连门把手都够不到，只能用手扣着门“吱呲吱呲”地响。门外传来一阵声音，“这家的猫真凶，把门划得牙痒痒，和那个女的一样招人嫌!”阿静慢慢地趴在门边上，抽泣着，她这次是真的害怕了。

怎么办，我想出去。

7

过了半个月，房东一直没收到阿静这个季度的房租——平日里可都是提前转账，这次怎么了，不会也跑了吧？于是急匆匆地赶过来找阿静，敲了半天都没人开门，电话竟然还关机了。没办法，只能再请一个开锁的师傅了。

“哐”一声，门打开了。屋子里没人，东西倒是整整齐齐地摆着，就是布上了一层灰。看来又跑了，房东大骂了一声，在地上啐了一口。

“喵”，阿静趴在那块圆地毯上，已经虚弱地发不出声了，只祈求着房东能听见。“怎么又丢了一只猫？小天呢？”房东一把抓起阿静，看了看，说道：“奇怪，这只猫怎么这么像那个丫头？”阿静似乎是被点到了哭穴，隐隐抽噎着，眼圈红了。

房东觉得奇怪，这只猫不仅长得像那个丫头，怎么还哭了呢？瘦小的阿静被抱在怀里，温顺得好像真的成了猫。

阿静的失踪没人注意。养父母自从有了自己的孩子巴不得她早点自己出去，学校更是已经给她发了退学通知，她连个朋友也没有。她似乎真的成了一只猫，喜欢静静地趴在床上，眯着眼睛睡觉。她觉得自己在做梦，可能睡醒就能变回去了。

可惜过了很久很久，都没有。

8

有一天，有人敲门。

“来了，来了。”房东慢悠悠地趿上拖鞋去开门，“嗯？你是……陈天？”阿静看到一个高个子、眉清目秀的男孩子站在门外。太像了，就是那双眼睛！是小天，阿静疯了似的跳下床扑向那个男孩。

陈天一把抱起了阿静，紧紧箍着摸了下阿静的头。他是来交房租的，那年欠了两个月的房租，还有那台电脑。房东当然很高兴得到补偿，只是那台电脑早就被卖了，所以他又把阿静当作赔偿给了陈天。

陈天没有犹豫，带着阿静就走了。

后来，陈天告诉阿静，他就是小天。他以前沉迷游戏，为了买游戏装备花掉了父亲看病的钱，父亲不治身亡。他悔恨，堕落，暴力，越来越不成样子。最终结局是和阿静一样，变成了一只猫。

再后来，遇到了阿静。他看着阿静每天的生活，悔悟着，痛苦着，也同情着。等阿静慢慢攒够了他当初的那些绝望，他就可以代替阿静重新获得人生了。

阿静平静地听着，并没有痛喊，似乎知道了如何转生为人的法子也并不激动。她知道，会有一天，会有一个人来带走她。她会静静地等待，等那个人放纵自己，等那个人把生的希望借给她。

你的猫在看着你吗?

忘情水

颃之

十一月二十五日

莱昂接到那个电话时，是一个一如往常平静的早晨，他正喝着牛奶漫不经心地浏览今日份的报纸，不过他的心思全然不在报纸上，他还在为昨晚与妻子玛蒂的争吵而苦恼。

这让他拿起电话时下意识地扫了一眼厨房的方向，玛蒂此刻一如往常在厨房里准备早餐。他知道，玛蒂是这样的人，不论发生过多少次争吵，她还是会一丝不苟地操持他们共同的生活，在他的心中，玛蒂是世上最温柔的女子。

电话另一边只传来一句“你好”便再无下文，在莱昂的耐心即将被消磨殆尽的时候，他才又听到那个低沉中又含着几分迟疑的声音，“节哀，先生。”

莱昂并不能准确理解这句话的含义，更无法将其与自己联系起来，还未等他再问，便听到对方说，“令妻的尸体已经火化，骨灰不日便能送至您府上，愿您节哀。”

“你是说我的妻子死了？我的妻子玛蒂？”

“是的。”

莱昂有几分不耐的同时又觉得颇为可笑，他冲着厨房喊道，“嗨，玛蒂！有人说你死了，你的尸体已经被火化了。你可一定要来听听，真是可笑！”

他的话并没有得到预想中的回应，但他并不觉得诧异，他知道，玛蒂是一个喜欢烹饪的人，厨房常常让她忘我。这也是他最爱玛蒂的一点，他爱这样热爱生活的玛蒂。

莱昂走到厨房边上，推开门，然而，门后没有人。

他转过身来大声呼喊，“玛蒂！——玛蒂！”屋子里却一如既往的安静，他只听见了自己的回声。

他翻遍了所有的衣橱，翻遍了所有的抽屉，翻遍了所有的鞋柜。他仔仔细细地翻找了所有的房间，一个角落都不放过，但他没有发现任何属于玛蒂的痕迹。玛蒂的衣服、化妆品、鞋子统统消失不见，像是从未存在过一般；玛蒂也同样消失不见，亦像是从未存在过一般。

在这个偌大的屋子里，尚且留有玛蒂痕迹的地方，也只有他的心里了。是的，他的心里记得清楚而深刻，他记得玛蒂为他准备的每一顿早餐，记得玛蒂对他说的每一句情话，记得玛蒂的每一个动作、每一个表情……

他重新拿起了电话，电话再次接通的时候，仍然是那个低沉又迟疑的声音。

"请节哀，莱昂先生。"

"你是谁，先生？你知道玛蒂的事吗？她在哪儿？"

"你可以叫我哈维，我是一个脑科医生，玛蒂太太之前的治疗，由我主持。"

"玛蒂生病了？什么病？"

"是精神方面的疾病，先生。"

"那么她现在在哪儿？"

"她死了，先生。"

……

莱昂不再想说话了，他不知道该说什么，不知道还该问些什么。他只是下意识地喃喃着，“我什么都不记得，医生，我为什么什么都不记得?”他的声音显得有些沙哑。

“玛蒂太太的去世对你造成了太大的打击，以至于您对一些您不愿想起的片段选择性失忆了。我衷心地祝愿您早日康复，也愿您不会伤心太久。”

哈维医生的电话听筒在传出一阵急促的“滴滴”声后重又归于沉寂。通过他面前的屏幕，他看到那个挂了电话的男人，颓废地坐在地上，电话听筒随意地垂在半空，旁边一杯打翻的牛奶从茶几上缓缓滴落到地板上，让那个偌大的屋子显得更为寂静。

这颇为奇怪的一幕对哈维医生来说，早已见怪不怪了。这种场景在最近的几年里，每天都一般无二地上演着。他开始的时候还觉得有些许瘆人，现在却也习以为常了。他觉得习惯真是个奇怪的东西，不管多么不正常的事情，经过它的锤炼，都会觉得平常。

不过即便如此，哈维医生对这样的病例还是觉得稀奇。他从事脑科研究已经有一些年头了，在他职业生涯中，他从未见过这样的病例，一个每天都注射大剂量多巴胺受体激动改良药剂，记忆却仍然如此深刻的人，他之前是从未见过的。一个连自己前一天做了什么都不记得的人，居然把另一个人多年前的音容笑貌都记得清清楚楚，这样的人，他之前也是未曾见过的。

作为多巴胺受体激动剂的改良者，按医学界同僚的话来说，他做出的是一个诺奖级成果，没有人比他更了解这种药剂。这种药剂在刚研发成功的时候便一举成为了治疗心理疾病的良药，医院的营销部门更是将其冠以“忘情水”的名字。这实在是一个浪漫的名字。也不得不说，有时候忘记确实是唯一的解决办法。

但随着哈维日复一日地看着莱昂，他却第一次对自己的药剂产生了怀疑。他本来是一个不相信感情的人，觉得那不过是多巴胺、血清素等一系列神经激素共同作用的产物，他相信科学是要高于感情的，或者说感情本就只是神经学的一个小小的组成部分。

而现在，哈维对他曾经认知的一切产生了怀疑。他一边曲起中指轻叩着桌子，一边琢磨着对莱昂采用的治疗方案，他引导莱昂将需要忘记的记忆与痛苦联系起来。他知道，一个人的大脑就像是天平，当痛苦大于美好的时候，就会倾向于忘记。但莱昂不同。哈维无法想象那些记忆对莱昂来说到底有多么美好，以至于无论多深、多大的痛苦都无法压垮它，无法战胜它。

哈维看看桌上那瓶印着“忘情水”字样的药水，忽然觉得它有些名不副实。他自嘲地笑笑，试图将这个想法甩出脑袋。

“咚咚”，他听到有人敲门，“请进。”

有件事已经困扰玛蒂很久了，让她最近几个月都夜不能寐。她觉得，她实在是有必要看一下医生了。

“最近过得如何，玛蒂女士？”

“并不是很好。我一直反复地想起一些事情。我和莱昂争吵、和他打架、和他离婚的场景反复出现折磨着我，而且这些场景与日俱增。”她似乎还心有余悸，脸上流露出一种惊恐又厌恶的情绪。她顿了顿，接着说，“我一直在用你们的药，但似乎没什么作用。”她一边说一边从包里拿出一小瓶天蓝色的药水，然后哈维便感觉到一道质询的目光直直地落在了自己身上。

哈维有些不适应，但还是笑着回应，“这些都只是药剂的正常反应，你的这些记忆并不是逐渐加深，而是随着你对这段感情的忘却，这些不美好的记忆显得更为明显了，但不久就会完全消湮的。”

哈维看到玛蒂暗暗松了一口气，暗自觉得好笑，但还是接着说道，“你前夫莱昂的情况反而更为严重，他似乎很难忘掉这一段感情，这是他最近的病情说明。”

哈维抬起头的时候，却发现对面已空空如也。

哈维再次看到桌面上的忘情水时，终于又找回了一些信心。

他看看窗外天色渐暗，想起，该去给莱昂注射今日份的忘情水了。

十一月二十六日

这是一个一如往常平静的早晨，莱昂捧着一杯热牛奶，漫不经心地浏览着今日份的报纸。

电话铃响了。

地板上的三个烟头

NLF 怿

在地板上发现了三个烟头。

如果只是平常走在路上不小心瞥见了，我大概只会默默走过去，反正总有人会清扫干净，用不着我去捡。

不过现在的情况有点特殊，发现的地点是在校内体育器材准备室后门前的地板上，和吸烟八竿子打不着的地方。同时，我身旁有一个麻烦的家伙——齐昊，一个全身由好奇心组成的田径部副部长。

“谭贞啊，你说为什么器材准备室的门前会有烟头啊?”

这我哪知道啊? 虽然我很想这么回复他，但我深知他是个一旦好奇心全开就停不下来的人。

“你让我在图书馆里多等了半个小时然后把我叫出来就为了这事？”

我和他是邻居，所以经常一起回去，今天也不例外。每当他有社团训练的时候我都会去图书馆里坐着，不过今天他的训练时间比平时要长一点。

“谁让部长今天突然加训。”齐昊显然不太想提训练的事，“先不说这个了，你怎么看这三个烟头？”

“我能怎么看？随地扔垃圾罚款50元，公共场所吸烟罚款50元？”

“我是说为什么这里会有三个烟头。”

这家伙来图书馆找我的时候，为了节省时间挑了一条捷径，结果好巧不巧在这条偏僻的小径上发现了能让他好奇的东西，然后就把我给带过来了。

“我说你不能老是因为我是痕检的儿子就让我干这种事，我又没想过将来到公安局干活什么的，没必要给我多加‘锻炼’。”虽然嘴上这么说，我还是把包放在了一边，蹲下仔细观察了地上的烟头。

烟头本身没有什么特别之处，是非常常见的香烟品牌，散落的方式也很正常。

“看来这个人很焦躁啊。”我初步观察完后说道，没等齐昊说出“为什么这么说”之类的话，我就接着解释了下去，“三支香烟里只有一支吸完了，剩下的两支都是吸到一半就扔掉了。而且从烟头的挤压程度来看，这个人在踩灭香烟的时候相当用力。”

我用手机给烟头拍了张照，然后将放大后的照片递给了齐昊。

“所以当时很可能的情况是……额，我们姑且把吸烟者称为X吧。”

不仅是吸烟者的“Xi”，还是未知的“X”，这双关不错。不过X也可能是复数，要不还是用Xs吧？算了，太麻烦了，而且感觉会被送律师函。

“当时X很可能先抽完了一支烟，接着开始抽第二支，但中途因为什么事而感到焦躁起来，很快就把第二支给灭了。但之后事情并没有解决，于是又开始抽第三支，然后同样的动作又重复了一次。不过估计之后不久事情就解决了，所以没有第四个烟头。”

“‘事情’是指？”

“嗯，论最常见的话，应该是等人吧，很多烟民都会有等人时抽烟的习惯。而且人一直没来的话也能解释X为什么会感到焦躁。”

这段推理纰漏很多，甚至算不上推理，只是把事情往我方便解释的地方推进了而已。不过，这样就行了，我不需要推理出真相，要的只是一个能糊弄齐昊的虚构推理，所以没必要对细节一一计较。

齐昊沉默了一会儿，他可能也发现了这段话实际并不严谨，但可能又想不出别的理由来，而这个解释也相当合理，所以便让话题继续了下去。

“那，会在等谁呢？”

“这个范围就太广了，等什么人都可以。所以先换个角度思考一下吧，比如，谁会在校园里抽烟呢？”

“学生，老师，校外人员？”

“你这不就是所有人了吗？”我叹了口气，“一个个来吧，用排除法。”

“首先是学生。虽然学校里也会有不良抽烟吧，但一般还是以聚众抽烟为主，那样的话三个烟头就数量来说太少了。而且就我所知，我们学校的不良活动范围应该都在校外。”

"接着，嗯，老师没什么好说的，有可能。"

"然后是校外人员。我们学校的出入管理还是比较严格的，今天也不是开放日，如果没有校服或者职员证的话很难进来。但有两个时间点是例外。"

"上学和放学？"齐昊回应道。

"对，这两个时间点校门口人流量很大，只要身着与校服相似的衣服，体型和学生差不多，多多少少都有可能混进来。"

"那么X在校内的活动时间就成了决定其身份的关键了。"

齐昊默默地点了点头，眼神里充满了敬佩和好奇。

"考虑到大白天闲杂人员在校内里闲逛过于明显，所以X若从校外进来的话，只能是放学时间，也就是4点30到5点之间才能混进来。"

"假设X在这个时间段混进来之后，直接躲到了这个人迹罕至的后巷，然后开始等人的话……"

"抽完一支烟大概是5分钟左右的时间，半支的话差不多两分多钟，那么他抽完这三支烟大概需要10分钟吧。也就是说他最晚等到了5点15就和约定的对象Y

碰面了。但这就会有个问题。”

“嗯。5点开始是社团活动的高峰时间，器材室里肯定人来人往，会很吵吧。而且……”齐昊看了眼器材室的后门。

后门常年紧闭，所以不存在突然开门的风险。但后门并非只是两块金属板，门上还有块透明玻璃。虽然学生去器材室里拿运动器材的时候不会关注后门外的情况，但透过玻璃多少能瞥见后巷，如果有烟飘在外面的话，还是挺显眼的。

“所以显然X不可能在这么吵闹还有可能被发现的地方等上个十多分钟。”

“也就是说X不可能是校外人员？”

“目前可以这么定论。”

“那只能是老师了吗？”齐昊其实不太愿意相信为人师表的，会在校园里偷偷抽烟。

“说是老师，但也可以分成两种，一种是校内教师，另外就是外聘的教练了。校内教师白天都要上课，所以只有午休和放学后才有机会偷偷抽烟，但是午休会有同学来器材室借篮球什么的，跟校外人员同理，基本锁定放学后了。而外聘教练更是只允许在放学后的社团活动时间进入学校。”

“所以X在这里抽烟的时间基本能确定在大多数社团活动结束后了。”

“教练……说起来今天训练的时候教练后半段先回去了，都是部长在指导。”齐昊又想到了今天惨烈的加训，面露难堪。

“你们的教练我记得是外聘的吧？”

“对。”

我站起来，换了个方向，模仿起了X的模样，嘴里念叨着：“从这个角度看的话……”我想知道如果从X的角度去看的话，能看到些什么，结果映入眼帘的便是现在几乎没什么人的空旷操场。

“你们今天加训的内容不会是绕操场跑吧？”我冷不丁地问道。

“欸，你怎么知道的？”

“果然如此。”我轻叹口气，然后站了起来，“一步步解释吧。”

“X在这里等人，并且等到不耐烦了，但他仅仅等了

10多分钟就开始焦躁了，这不符合常理吧？那么唯一有可能的情况就是X在等人的时候就看到了Y，但Y却没有过来见他的意思，所以X感到既焦躁又气愤。”

“等一下，你这不就是在说……”即使是脑袋不太好使的齐昊显然也注意到了什么。

“X是一个在学校里待到社团活动结束后也不会让人感到奇怪的人，且知道器材室后有条小径。Y则是在多数社团活动结束以后还留在学校里，且在X的等待期间被他看见过的人。”

“你是说X是我们教练，而Y是田径部的成员？”齐昊抢答。

“田径部的成员还太宽泛。如果Y只是田径部成员，那看到他在加训跑圈应该也不至于焦躁气愤，毕竟这事也不是他能决定的。但如果Y就是命令加训的人，那就不一样了，X完全有理由因为Y的做法而感到生气和急躁。”

“部长……”显然，齐昊也明白了我说的Y是谁了，“但是为什么呢?!”

“理由太多了。不过会在这种四下无人的地方碰面的，肯定不是什么好事。欺凌，勒索，被抓了把柄，什么坏事都有可能，论常见性的话，应该是被抓了什么把柄然后勒索吧。总之足够严重到让你们部长不惜加训也要延缓和教练碰头的时间。”

“怎么这样……”确实，如果突然被告知教练和部长有什么黑暗的关系，无论哪个部员都会震惊吧，更何况齐昊还是副部长。

看着齐昊一脸震惊的呆滞神情，我拍了拍他的背。

“只是推理而已，先回去吧，到时候你再和你们部长教练旁敲侧击一下。放心，就算是真的，外聘的教练只要学校出马很快就能解决的。”

齐昊沉默半晌，最后还是点了点头。

“啊，你先去校门口等我一下，我要去趟卫生间。”

“知道了，你快点哦。”

“你还好意思说啊？”

等齐昊跑远之后，我捡起了地上的三个烟头，把它们丢进了事先准备好的垃圾袋里，随后塞回了书包中。

这样就好了吧，田径部的事就让田径部来处理就行了。如果直接跟齐昊这人讲清楚的话，他肯定会懊恼为什么连我这个外人都知道，自己身为副部却毫不知情，从而感到自责吧。这样推理一番再告诉他结论，还不至于让他太消沉。唉，我是不是对他太好了一点。不过这两人今天可能真有什么事，倒是省了我编故事的力气。

希望事情能早点解决。

我不会捡起地板上的三个烟头。

除非是我丢的。

一个『贵族』的自白

叶千澜

一

活到现在，我听到最多的一个词是“血统”。

他们总说，现在的贵族都是赝品，用钱堆出来的，充其量就是个暴发户，比贵族差远了，整个都充斥着一股俗气，俗不可耐。

我不一样，我生来就是个贵族。他们总说，血统纯正就是贵族。他们对我诞生的期待程度不亚于皇室子嗣的诞生。数以百计的人围绕在我们的宅邸外，等待好消息传出。

“宝宝出生了！”

不知道谁喊了一声，人潮发出了欢呼声，“是健康的五胞胎！”

这一切我似乎听我母亲说起过，又似乎没有。虽然明知不可能，但我却还依稀记得那时候我虽然还未睁开眼，但心里已有一种自豪的感觉。

再次睁开眼的时候，我躺在柔软的褥子上。床边的女仆惊喜地叫了一声，随后一个穿白大褂的人推门进来，仔细地察看了我的全身。他向旁边做了一个手势，我的嘴里马上被塞进了什么，甘甜的味道涌入了嘴里。

我们中有一个异类，从我有记忆那天起就不断哀嚎。

当我们还怯生生地窝在母亲怀里的时候，他被一只手提起，不断发出凄厉的惨叫。我听见吐唾沫的声音，还有嘘声。

五胞胎很快就变成了四个。

对此，母亲只发出了一声呜咽。她的目光总是慵懒且忧伤。下午时女仆会抱着我们来到她的卧榻前，而她只是面无表情地看我们一眼。

如果女仆把我们抱到她的身边，她反而会抗拒。

“你们的母亲不想给你们喂奶呢。”

女仆后来很无奈地对我们说过，但是那时候我是不在意的，奶粉的味道也很醇美，比母亲的味道可能更加亲近一些。

我的童年是无忧无虑的，锦衣玉食，奴仆环绕。唯一让我有些惧怕的就是母亲，她的神态倦怠而又冷酷，和我们既不亲近也不疏远。父亲相比较起来会和蔼很多，我们总在庭院里见到他，而他望向我们的目光带着一丝热烈。

很快我们便知道那热烈意味着什么了。

二

他趴在我身上的时候，一切都像一个仪式一样。

我想反抗却反抗不了，父亲狂野而又掠夺般地在我身上肆虐，等这一切结束以后他懈怠地趴在我身上，在我耳边是他粗重的呼吸。

我不知道这一切意味着什么，父亲的爱剧烈而又疼痛，等过了段时间我才明白，我做母亲了。

我生产的那天是个晴朗的日子，几乎是要把力气都用尽了，可是我还是不如我的母亲。我看着我的三个孩子眼眶湿润，仿佛遭的罪已经没有那么重要了，可是他们选择做的第一件事就是把我们分离。

我倚靠在窗边，看着我的孩子环绕在闪光灯下，他们的眼睛还未睁开。

我的眼泪一下子流了下来，那些闪光灯仿佛刺痛的是我的眼。我心痛如刀绞，却连起身的力气都没有。

每当他们把孩子抱给我的时候我都极力去关怀他们，仿佛是为了弥补我自己似的，母亲的爱护是多么重要。

直到有一天我才发现事情是那么讽刺。

那个仪式是不会结束的，他们把我的儿子抱上了床，诱导着他，让他像个男子汉一样勇猛。

我嗅着他身上熟悉的味道，麻木而温顺地配合着他的动作。

很快，我又有了孩子。我的孩子里面有一个特别漂亮，她看上去是那么的与众不同，我对她的怜爱也更多一点。

可是他们强行抱走了她！

“不可以。”他们对我说。那么长时间的察言观色，我知道他们不是在筹谋什么好的事情，我在房间里急得团团转，可是我见不到她就无计可施。

几个月后我便死心了，就像我那个被抱走的弟弟一样，打那之后我就再也没见过他，我的孩子，肯定是不会回来了。

我流了许多的泪，他们只是漠然地看着我，在他们看来我就是个传宗接代的机器，这帮畜生，我一定要逃离这个地方，

这个时候，我的头部难以遏制地痛了起来。就像是为了反对我似的，我的身体也和我作对。

我的身体状况时好时坏，最坏的时候整个头都恨不得往墙上撞，这时候又不得不把希望寄托于他们，让他们缓解一下我的头痛。

我的食物里面混入了我很不喜欢的味道，可是看着他们鼓励的眼神，这应该是能缓解我头痛的良药。

入口的时候很是苦涩，而头疼似乎缓解了，但是隔一段时间我又开始痛不欲生。

可是他们依然不放过我。

我咬伤了我的父亲，他看上去没有生气，眼里盛满了迷茫。

而后他倒在了那里，死命地拿头抵着墙，尖锐地叫了起来。

三

活到现在，我最痛恨的一个词是“贵族”。

当我能把这个词和遗传病联系在一起的时候，我知道我的日子也不多了。

既然是遗传病，我的父亲和母亲当然都有。他们的子女已经数以百计，我不是其中病情最重的，但也不会是最轻的。

等我再次看到母亲的时候，她非常憔悴。我去的时候非常不巧，她正好在发病，眼珠子在眼眶里横冲直撞着，周围的人都在竭尽全力安抚她。

“她真是一位勇敢的女性。”带我来的人赞叹道，“今年她还获得了最佳夫人的殊荣。”

最佳夫人？我不无嘲讽地想道，这个奖项是为了嘉奖她绵延子嗣的功劳吧。“你今年也可以参加评选了。”

我置若罔闻，向前走了两步。她的病情已经控制住了，精疲力竭地躺在那里。她那小小的卧榻上点缀着许多金色的饰物。那是她的奖牌。

她勉强抬起头来看我，但是她搜索了一遍记忆似乎对我并不熟悉，于是她撇过头去，假装没看见。

“是露露。”旁边的人提醒道。她的表情有些无动于衷，冷哼了一声，“她也到了该评选最佳夫人的年纪了吧？”

周围的人马上接口道，“你看她跟你一样漂亮，今年得奖的热门就是你的女儿。所以你要打起精神来好好地观看比赛啊。”

她哀伤又怜悯地看着我，“你已经得病了吧？”

我点了点头，她浑浊的眼睛里似乎有水光，“我希望你们死得越早越好。”

我被她的口气镇住了，等到离开了却又忍不住想到她的话。

贵族，不过就是从近亲交配的淤泥中诞生的丑陋的花朵，可是还有那么多人趋之若鹜。

我们的诞生和存在便是尊贵，谁又在意我们是否痛苦呢？

我已经有成为死者的心态了……发病，做爱，都已经像例行公事一样。

我从懵懂中醒来，看到我的儿子在我的身上辛勤耕耘的时候，我回头给了他一个深沉的吻。

评选最佳夫人的时间很快就到了，我被盛装打扮，被簇拥在仆人们中间，现在走那么一点路都让我倍感疲倦。我所要做的，不过就是忍受着脸部刚刚动过的新手术。

我的脸和脑子被紧紧地固定在再次缩小的骨头里，所有人都在惊叹我的别致的美丽的小脸。

只有我知道，它快要爆炸了。

希望它爆炸得好看点。

四

华丽的聚光灯下，一群衣着光鲜的人围绕在舞台中央，女仆微笑着抚弄着怀里的狗儿，狗儿那被精心打理过的毛发在灯光下显得更加亮丽。它摇摆着头，发出一阵阵叫声，惹得人们笑着鼓掌。

“真可爱……”

“调皮着呢。”

“不愧是贵族血统的纯种犬。”

非经典武侠小说

予酒

1. 坠崖遇宝

我叫刀不杀，如您所见，是个刀客。我刚刚将我的仇敌打落山崖，正站在山崖边思考人生。我听见他啊啊啊的叫声越来越远，我的思绪也越来越远。

这十年来，找我寻仇的，或者杀我以出名的仇敌数不胜数。虽然我最终都艰难地战胜了他们，但是我很害怕，我怕哪一天我败了。如果我败了，就可能会死，甚至比死更难受。可是我的武功似乎已经练到了头，已经再难进步了。

若有一种天下无敌的武功……

我这样想着，不知不觉间山崖下的声音消失了。嗯？他是死透了吗？我凑近山崖想要往下查看，却听见脚下轰隆一声，整个山崖化成了碎片，我掉下了山崖。我看着蓝天和往下坠落的山石，啊，难道我刀光剑影的一生竟然是这样终结的吗？

我错了。

我很幸运，被树枝挂住了没有死，落在一个冒出来的台子上。然后我在这个台子上发现了一个山洞。我走进洞内，发现四周亮堂堂一片，里面通道繁多，如同迷宫，这迷宫似乎不像天然存在。我转了一圈却没有发现主人。虽然感到奇怪，但我决定先住下疗伤。

然后我发现了一本剑谱。虽然是剑谱，但是里面的武功大开大合，正补全了我刀法中的缺点。如此精妙的武功我还是第一次见到。我学得如痴如醉，配合着我的功底，两个月后终于武功大成，我已经是天下无敌。

我志得意满，走出山洞，准备横扫仇家，却发现一个蓬头垢面的小子爬上了这个台子。

是你！

是你！

他正是我的那个仇家。不过我又有何惧？神功初成，正好拿他祭刀！我摆出个架势，等他出手。

只见那小子往后一跳，从背上取下一根粗壮的铁筒，对着我大喊，去死吧狗贼！

我轻蔑地一笑，却看见眼前红光一闪，耳边轰隆一声，就什么也感觉不到了。

2. 兄弟反目

我叫剑万死，如您所见，是个剑客。我的兄弟叫做刀不杀。我们本来有同一个师父，但是我和我的兄弟在武学的见解上存在着不可调和的分歧。

我们已经连着三年又三十六天在江湖上广发英雄帖，在帖子里我们从互相探讨刀与剑的优缺点，到互相攻击谩骂对方的武学，在江湖上引起了规模巨大的讨论和动荡。为了挽救这场武林浩劫，我们的师父安排了这场轰动武林的决斗。

夜。

夜凉如水。月冷如霜。

紫禁之巅，我的对面是我同门师弟。我虽然鄙视他的刀，但是他的刀很快。

但，我的剑更快！

高手的决斗，胜负就在一瞬间！他拔出了刀，我也拔出了剑！刀光一闪，剑星一划！

师弟的刀锋在我的喉头半寸，我的剑尖离他的心脏一寸。再进一步，我死，他活。

我败了，但我不是败在剑不够快，而是败在心不够硬。本来，我们也就随便说说，何必要发展到这一步？当初我就不该发那个帖！

你赢了。我说，但是你赢在我心中有情，而不是赢在武功胜我！剑才是天下第一！

我格开他的刀，施展绝世轻功，看着他由喜转怒的表情，潇洒一笑，倒退贴着屋脊飞走。

然后我被屋脊上的雕像绊到了脚，身体失去控制，旋转着摔飞出去，咚的一下，一个结实的倒栽葱，脑袋磕上了屋檐。

来人啊！有刺客——

在我闭上眼睛前，我听到的是这句话。

该死的，皇家的屋脊怎么这么华丽。

3. 武功秘籍

我叫《青虹剑谱》，如您所见，是个主角。

对，你没有看错，我才是这个故事的主角，若是没有我，怎么可能会有人练成神功，成为天下第一，横扫江湖，称霸武林呢？

说起我的来历。我的来历非常奇特，奇特到以至于你们在以前的武侠桥段中，只会看到有一本这样写。

我属于天外的武功。我本来的主人手持能发出绿光的剑，用他的一身武功对抗着邪恶的西斯大军。但有一天他乘坐的飞舟被击落，掉下这个悬崖，并卡在了山崖里。他发现自己失去了飞舟便无路可走，甚至连这个山崖都出不去，感到十分绝望。

绝望中的主人认为自己会有很长一段时间不能用到剑法，于是将一身武功画成了一本图谱，那就是我，《青虹剑谱》。当然这个名字是后世给我加的。然后他抛弃了我，带着他用来攻击其他飞舟的武器，下崖去打野味充饥。

他再也没有回来。

不久之后，一个未开化的野蛮人来到这里，他发现了我，把我当作宝贝。那当然了，对于这样的山野村夫来说，我可是天外仙人的武功啊。

这个野人也算有些资质，花了两个月便练成了我记载的所有武功。他哈哈大笑着，如同一只猴子。但他却很有礼节地把我恭敬地放了回去。算他识相，否则我主人回来了，不杀了他才怪。

然后他便志得意满地出去了，他出去不久，我听到一声巨大的轰鸣。

难道是我的主人回来了？

4. 绝世神兵

我叫剑小生，如您所见，我什么也不是。

十年前我的父亲和他的师弟惊天一战，将整个皇宫大内搅得鸡飞狗跳，至今武林中人谈起来都是意犹未尽，回味无穷。但是对于我来说，只能感到深深的仇恨。

因为那一战，我的父亲，败了。

血海深仇，不共戴天。不过我那时候还很弱，什么也不是。我只有练剑。十年，我练了整整十年。我将我父亲遗留下来的三十四路《缺二剑法》练到了顶尖，练到了极致。

你可知世上最乱的是什么？是雪。我一剑，可以瞬间贯穿十二片雪花，每一片雪花，只会在其中间留下一个小点。如果那个点在人的身上，那必然是最致命的一点。

我要用这一点，来证明剑才是最强！

艺成之后，我约我的仇人前往万仞崖决战。在那里，我可以尽情地享受听他坠落山崖时啊啊啊叫的快感。这一日，山风呼号，我的仇人头发花白，一脸镇静地看着我。

小子，你练了十年，就当我没有练吗！他怒吼一声，你可知道我这十年是怎么过的！他一怒，掀起万千刀光。

我才知道他的刀已经达到了无人无我的境界。他一动，漫天漫地，全是无限刀气，连风都被寸寸斩碎。我拼尽全力，三十四路剑法齐出，才堪堪不被斩死，却被强横的刀气远远地轰出了山崖。

啊啊啊！

看着蓝蓝的天空，我想到，难道我年轻帅气的一生就要在此终结吗？

我错了。

咚的一下，我砸到了一个人身上。他噗呕一声，一句话都没说，就命丧当场。他手中的黑色铁筒一歪，一道绯红的光往山崖飞去。轰隆！

那山崖被击得粉碎。

我抬头，看到山崖里有一个突出的台子，下面发出五颜六色的光。那一刻，我知道了，这一定是上天待我不薄，让一个仙人给我送来了绝世神兵，助我报仇。

我看着天空，一个人影混着山石落下来，掉在了那个台子上。

PK

必须在雨停之前……

陈言

李然在逃跑。

身后的人声与狗吠逐渐远了，看来没有人能够在这片森林中找到出路，即使是“工厂”的人。他找了个逆风的角落躲好，想短暂地休息一会儿，哪怕在这样滂湃的雨中根本容不下一丝喘息，哪怕他必须在雨停之前离开工厂，逃离森林，到外边的大路上去——现在只有雨水能掩盖他的行踪和气味。

细密的雨丝让人无暇去张望天空，他只得向远处望去，火焰仍在森林的尽头跃动，那是这片黑暗中唯一的光源。李然不由自主地打了个寒战，紧了紧湿透的外套，从怀里掏出一本书来。

幸好，它还是完整、干燥的，哪怕他曾经——如今也是——那么痛恨这些书籍。

他弓起背，翻开书，借着火光读了起来。

李然得到这份工作的时候，方才成年。家里没有供他读大学的资本，他又急于脱离固有的家境，急于逃离峡山、去往更大的城市，于是在亲戚的介绍下，来到这座承包全体员工的吃住、待遇算得上优越、偶尔还能寄些钱回家的巨大工厂。

推介之下，面试不过是走个过场。李然先是回答了几个简单的问题，随后考官递给他一本厚厚的空白簿子——那几乎像一本书那么厚——说："描写一下你来这儿之前的生活吧。"

"之前？从什么时候开始？"他有些摸不着头脑。

"最初的时候。"考官笑得人畜无害，见他满脸疑惑，解释道，"什么都可以，打娘胎里开始，你记得什么就写什么。"

李然虽似懂非懂，但为了工作，还是硬着头皮写了起来：李然，2000年12月1日出生于峡山市第二妇幼保健院，父名李国栋，母名程然……

好不容易写完了，他惴惴不安地把本子还给考官。对方随意翻了翻，便伸出手来："欢迎加入我们。你明天能来上班么？"

第二日，李然踏上了前去工厂的班车。他们循着高速一路向北，李然睡了又醒，车才终于在一片森林边停下来。隔着道路和大片的荒野，森林的对面是小小的村庄。先前的考官带着他和几个同行者钻进了林子，照着地图东拐西拐，终于来到一扇高大的铁门前。

那门足有三丈多高，看起来全然不是为了普通人的身高所设计的。李然来不及多看两眼，考官便催着他进去，带他参观了辽阔的仓库和分类精细的书架、隆隆作响的车床和紧密排列的员工宿舍。介绍完工作，考官急着回去面试下一批应聘者，临走前叮嘱道："别忘了，你们不能翻看这里的书，这可是写在劳动合同上的。"

"您放心，我就一粗人，也没那看书的心思。"李然笑应。

他的工作是负责书籍的分类、整理、上架，偶尔需要去仓库值班。除此以外，天气晴好的时候，工人们还会把仓库里的旧书搬出去晒，去去霉味。虽然骤雨到来时这些晾晒的书总弄得他们手忙脚乱，但积压得久了，那味道谁都受不了，大家也就宁愿为此多付出一点劳动来。总的来说，他的工作算不上辛苦，工友们也都非常友善，第一个月李然就汇了款回家，这令他十分兴奋，更加勤恳地埋头苦干起来。

就这样过去了两年，生活像无风的水潭般平静。李然逐渐习惯了工厂里终年反复的机械声，习惯了每天和一排排的书架打招呼，习惯了工友们小聚时的喧哗和熏人的烟味儿。

这天，李然和一个新来的工友小七一起值夜班。小七看起来并不比他大，甚至可以说像个未成年人。他显然没什么值夜班的经历，还没过个把小时便困得眼皮打架，脑袋一点一点的，被李然叫醒之后颇有些不好意思，聊了几句后就自然而然地贴了上来：“哎大哥，你就没有好奇过吗？我们天天把这些书从这儿搬到那儿，从那儿搬到这儿，你不想知道自己在搬点什么?”

“不好奇，我又不看书。”李然耸耸肩，摘了嘴里的烟屁股丢进垃圾桶。“合同没看过么?‘所有书籍一律不得翻看’，印刷部、装订部招的全是一群不识字的白痴，就为了保守那点儿破事。”

“这样吗?都没人告诉过我!”小七听得双眼发光，有些兴奋，“这么说来，我更觉得那是什么惊天大秘密了!”

“好奇心害死猫。”李然弹了一下他的额头，恶声恶气道，心却像是被翻开了一个角，有一点点瘙痒，还有一点点本能的危机感。

“就看一眼嘛，反正仓库里哪儿都没有探头。”小七竖起三指，一脸严肃，“我发誓，天知地知，你知我知!”

于是他们就这样潜入了仓库。仓库比进工厂时的那扇铁门还高，层架摆得密密麻麻，一眼望不到边。李然一手提溜着小七一手拿着手电筒，从墙边溜进去，一溜小跑来到中文区域，这才放开他，再次叮嘱：“看完给我规规整整地放回去！记着，我们可从没来过这里。”

“好嘞！”对方应声就跑。李然听着他远去的声音，打着手电筒，随手抽出一本来。

他单手持手电筒，信手翻阅那本书。并没有什么所谓的“惊天大秘密”——这是当然的了——那只是一本小说而已，还写得又臭又长，像个三流作家的回忆录，从第一页写主角的出生，到最后一页写主角的死亡，点点滴滴。有些片段事无巨细，也有些一掠而过，节奏紊乱，偶尔还有些颠三倒四。

他把书放回去，隔开两列，又抽出一本。同样是小说，一个人漫长无聊的一生，如出一辙。这些书都是传记？那他们工厂到底是做什么的，传记生产厂？写成这样的破书真的卖得出去？李然百无聊赖地把书塞回去，顺着书架的编号向前走去。

过一过二不过三，再试最后一次。他默念着，闭上眼，再次从书架中抽出一本书来。同样是人物传记，不过这人出生在峡山，这倒是个缘分。李然瞟了两眼，正准备合上，突然注意到了主角母亲的名字。

那是他高中时暗恋的班花的名字。

他不禁一震，叼着手电筒，双手捧书，往后翻去。果不其然，没隔两页就提到了主角的父亲，那同样是他们学校的人，李然认识，还与之有过几次冲突。

他迅速地翻看着。主角长大后上了峡山一中，书中提到这正是他父母毕业的地方。书中还写道，他父母长期感情不和却又不肯离婚，主角的父亲逐渐开始酗酒甚至吸毒，间或暴打主角和他的母亲，这给主角留下了很大的影响，几乎小半本书都在描写他悲惨的童年。

李然合上书，他不想再细读下去了。书中的细节使之充满可信度：峡山一中门外的煎饼摊、当年的班花喜欢扎马尾辫（她成为母亲后依旧保留着这个习惯）、她紧张时习惯性绞紧的双手。

可这怎么可能？他离开峡山不过两年，这书里却写了他同班同学的孩子的整个人生，从出生的第一页，至死亡的最后一页——

李然猛地回头，向着印刷部的方向拔腿就跑。小七被他的脚步声惊动了，想叫住他却又不敢闹出太大动静，只得一个劲儿地追赶，直到印刷部牢牢锁住的库房外。他跑得血液上涌，一抬头，只见李然在那拼命砸门，以不顾一切的气势。

这让他想起自己死去的妈妈，螺钉自棺木上敲进去的时候，自己也是这样扑向她的吗？

小七回了神，抱住李然的腰一个劲儿地往后拖，李然却挣扎着要向前去。小七摸出一大串库房钥匙，挑出一把插进锁孔里，猛地一转。

他迫不及待地冲了进去。

屋里浓郁的油墨味扑面而来，小七被熏得退了一步，而李然却一头扎了进去。库房里是巨大的印刷机、油墨桶，地上散落着零碎的纸片，打印出来的纸张则被规则地摞在一起。有些书还不成形，前面半本是密密的字，后半本却全是空白，像是尚未来得及被书写完毕的命运。

——那是尚未来得及被书写完毕的命运。

第二日，李然提交了辞呈，不一会儿就收到通知，要他去办公室一趟。进了门居然还是当年那位考官，他直截了当道："你不能辞职。"

李然以为对方会问自己辞职的理由，训斥自己的违规行径，或者直接下达惩罚，这令他原先准备的那些话语无处可去。他张了张嘴，又合上，从牙缝里挤出字来："为什么？"

"合同上都写了，做满二十年工龄或者达到五万小时工时才能辞职。"考官颇不耐烦地从一叠纸张里抽出一张给他，"你当年自个儿签过字的。"

李然拉过来一看，的确是两年前的那张纸，而他当时对未来满心欢喜，从未想过将有想要离开的这一天。他感到某种无言的愤怒，像火焰从胃里腾升，令他不得不张开嘴，却不能问出声：是谁写了这些书？他是怎么知道人的命运的？这是某种预言……还是早已敲定的结局？

他几乎听不见自己扭曲的声音："有人离开过这里吗？"

"当然有，为什么不？"考官奇怪地看向他，"走的时候我们还会给他们每人发一本书，留作纪念。"

火焰骤然攀升，包裹了他的心脏。李然想说，你知道那是本什么书吗？

他最终也没能说出口。

不能辞职当然无法阻止他，李然下定了决心要离开这个地方——他无法接受被书写的命运，他同样无法继续做“那个人”的帮凶。他来到这个工厂也是早就被写下了的命运吗？那他究竟为何要逃离家、逃离峡山，他所做的每一个选择、每一次冒险、每一次牺牲，还有什么意义？而“那个人”，他是谁？凭什么敲定别人的命运？他从哪里得到这些消息？他写下这些生、老、病、死的时候，又是什么样的心情？

他头一次觉得自己是蝼蚁，是棋子，同时也是一个不可原谅的帮凶。他们每天整理这些书籍，日复一日地把那些书分类、归纳，放在不同的仓库中，再送去工厂的各个角落，放在不同的层架上，就这样将命运送去每个新生儿的身上。每个已死的人、活着的人、尚未诞生的人都拥有一本这样的书，可没有人知道。七十亿人类庸庸碌碌地行走在大地上，没有人知道他们的道路是既定的、先验的，他们只是在轨道里爬行的蚂蚁，自以为生而自由，却终其一生难以走出不知来路的神谕。

而他为这骄傲的、自大的、不可一世的、书写下命运的人工作了整整两年，或许还要再做十八年的帮凶。

李然开始策划自己的逃离。他要烧掉工厂里全部的书，从此再没有人被限制在命运的怪圈里，可以过得鲜活而自由。他要将命运攥在自己的手中，没有人可以阻挡他，就像没有什么能阻止他借助火焰与雨水逃跑。

李然喜欢将这场逃离称之为“赎罪”，或者说补偿。他当了整整两年的帮凶，他想对此作出点儿补救，虽然脑内的一个声音反反复复地告诉他这无济于事。这就像是——这就像是你要去给一个人送伞，可早已经下起雨来，那你继续向前跑去，就不再是为了那个人，而只是为了完成自己“给人送伞”的心愿，且你要完成它，就必须赶在雨停之前——雨停后的伞又有什么意义呢？

无论如何，这对淋雨的人来说，早已失去了全部的意义。这只是一种自我欺骗，一种无效的补偿机制，一个形式化的“对错误作出了弥补”。

李然偷了工友的打火机，拆下其中的火石，小心地保存在罐子里。连续多日放晴之后，他终于盼来了雨天。这雨来得猝不及防，前些日子晒在外边的旧书差点儿遭殃，工人们都忙着把书往回搬，这正是他离开的好时机。

李然推着一车书往仓库去，并暗自祈祷受潮的纸页还能被引燃。时间不允许他精心挑选，他颤抖着手摩擦火石，让火星落在推车上的书堆里，然后骤然发力，使推车向书架冲去。

大火很快引来了人，但它烧不了多久，李然必须在雨停之前离开这里。他换下工作服，逆着人流向那扇高大的铁门跑去。他很幸运，门虚掩着。李然想拔腿就跑，却被档案室里层层叠叠的书架吸引了注意力——

他隐约回想起考官说过，离职时，每个人都会得到一本书。

线索通了。他冲进去，凭着工作经验飞快地找到L那一栏，翻找几次，终于找到有自己名字的那本书，紧紧地裹在怀里。

门外有了响动，李然抱紧怀里的书，从窗口爬了出去，随后飞奔起来。

雨远比他想象中要大，铺天盖地的银丝砸得人生疼。森林里的路崎岖又泥泞，他几次陷入泥沼又拔腿而出，几次差点与工厂派出的猎犬擦肩而过，几次被绊倒，弄得满身泥泞，又挣扎着爬起来继续向前。方才的火焰燎到了他的手臂，奔跑中的碰撞使他疼痛。身后人声嘈杂，警报声响个不停。李然尽全力张大嘴呼吸，隐约尝到了血液的腥味，湿透的衣服使他失温，而这一切都使他的心轻快地要飞起来——他要离开这里了，他要离开这该死的、见鬼的工厂，去他妈的命运，怎么活从来都只能由他掌握！

全身的细胞都在欢呼。李然怀抱着未来，毁灭的火、无情的雨都为他开辟道路，而这条路上歌舞升平，通往开阔的自由。

身后的人声逐渐远了，他也终于跑累了，肾上腺素的刺激平缓下来。好奇心终于战胜了求生欲，他找了个逆风的角落躲好，颤抖着冰冷的双手，从怀里掏出那本书，就着远处燃烧的火光，翻阅起来。

“李然，2000年12月1日出生于峡山市第二妇幼保健院，父名李国栋，母名程然……”

他觉得这句话有点熟悉，却又想不起来，便胡乱地向后翻阅。书上的确记载了他的一切，小学、初中、高中，他来到工厂之前的一切，来到工厂之后的一切。他看见自己通过面试、进入工厂、和小七偷偷溜去库房，发现书籍的秘密。

书上的字迹有些扭曲，还都向右歪着，每一个“点”都拖得像“横”那么长——李然蓦地想起，那是自己的笔迹，整本书全部都是他的笔迹。

他像是突然想起了什么似的，疯狂向后翻页。他看见书中的自己提交辞呈、被拒绝、策划逃跑。李然匆匆浏览着，又掠过一大段，再向后翻。剩余的书页越来越少、越来越薄。近了，近了，他即将到达那个结局，揭开最后的秘密。终于，在书的最后一页，他看见自己出逃、躲藏、翻开书本、疯狂翻页、读到这一行字，也是最后一行字。

他身后人声鼎沸，灯光逡巡。

雨停了。

必须在雨停之前……

朱怡萍

红娘不是真的红娘，相反，她是会给人带来家庭矛盾的那个。据说曾经也是大户人家的小姐，家道中落才一路靠卖身子乘船北上。姑娘家抛头露面到底是不光彩，下了海的在外往往只取个花名。红娘皮肤白腻，穿身红裙如芙蓉半绽，凡是带把的都被迷得三魂五道，可谓芳名远扬。因此红娘的死让不少男人唏嘘、女人快意，一下成了聊天的热门。

春卷跟王济说这事时他正在吃饭，被惊得一口馒头卡在嗓子眼。王济早料到有这天，可真听到有人说红娘死了还是让他感到心跳骤停。红娘的面容出现在他眼前，引得他一阵反胃。咬着牙把那一口馒头就着酸味咽下去，王济装出一副不可置信的面孔说：“真的假的？你可别骗我。”

美人新死鬼，不论缘由如何，光这几个字都自带一股子风流气。等到下午，已是人人皆知、个个好奇。天桥卖艺的吕快嘴身前已经围了一群人，伸长脖子只等听个故事。春卷拉着王济挤进人堆，只听吕快嘴说：“各位你们那可是没见着！那红娘在水里泡了数日，打捞起来的时候都泡浮囊了！”

这事上午才出，这会的故事必然是胡编的，但也没人在意，都催着吕快嘴赶紧给大家个痛快。只见他眼珠咕噜一转，嘴一张露出一口黄牙，等吊足了胃口才摆出架势，打板就唱了段《牙痕记》：

王公子您这是
胭脂粉好比那迷人的药
蜜糖嘴好比两把杀人的刀
芙蓉面就是这个勾死的鬼儿
小金莲好比这个恶毒魈
杨柳腰如同是绊马的索

风流眼逼我走上独木桥

烟花院好比这个森罗殿

红绫被就是这个狱监牢

一双玉腕千人枕

半点朱唇万客嚼

管他张王和李赵

鸳鸯枕上唤娇娇

悔不听家严的苦训教

任意儿胡为就乱赌嫖

只说你花容月貌人俊俏

却原来貌美心毒虚情假意内藏刀！

在叫好声中吕快嘴开口道："这红娘啊……"

而王济在人群中只觉浑身发冷背后发汗，忽然在众人诧异的目光中拨开人群落荒而逃。

王济和红娘其实总共没说上过几句话。头一回还是春卷邀请他去看演出，才终于有幸见到传说中的红娘。

确实好看，眼里有钩子似的，只一眼就受不住了。春卷定力比他还差些，当即就把自己的手表摘了下来。后来红娘谢赏的时候王济就在屋外边站着，听里面一声接着一声，听得浑身都热。春卷出来时一脸适意，红娘就趴在门边，小半个肩膀露在外边娇滴滴地同春卷讲话，末了，看了王济一眼笑着说："这位先生也请多来啊！"

春卷本名叫李秋禄，这人小时候身体差，被他爹娘当宝贝似的养照样三天两头生病。王济就跟着他爹去李宅给这位小少爷看病，时间久了，一个偷鸡一个摸狗，也算臭味相投。这少爷冬天老穿橙黄色的袄子，据说是花大钱做的，不过王济怎么看怎么觉得颜色像春卷，这个绰号就这么叫出来了。

大概是小时候生病把那点良心都烧没了，春卷是个天生的负心汉，带着王济看了两礼拜的红娘后转头在女子学校门口蹲点。为了讨好那些没胸没屁股的女学生特地托人带了瓶法国香水，价格死贵，王济闻了一下，觉得不如红娘好闻。虽然他从未能嗅到她发间的清香，未曾将口鼻埋入她光洁软白的肩颈，但他坚信对方身上定是如芙蓉盛开，甜蜜芬芳。

春卷对红娘失了兴趣，可王济却压抑不住对她的渴望。说来也怪，他跟着春卷出入院子的时候只觉得红娘美，再不济也能找个便宜姑娘解决了，可偏偏当他有十余天未见红娘时才惊觉自己眼里梦里全是对方的身影。大概这就是红娘芳名远扬的原因。王济每一晚的梦里都是她抬眼看向雅座的眸子，如一汪秋水，笑起来朱唇如血，闭上眼是红娘一下下猫儿似的叫着，还有那天她说："先生也请多来啊!"

红娘是南方口音，讲起话来尾音上挑，飘在空中若有若无的气音变成一条绣着并蒂双莲的帕子蒙住了王济的眼。

红娘票价高昂，王济咬牙买了个头排的位置，只想着离红娘近些，看得更清楚些。那是他第一次坐在一楼，看着红娘从上场门缓缓步出，头一眼抬眸看向二楼包厢，这一亮相就引得一阵叫好。他看不清二楼是谁，只觉得心中不悦，那里本是他的位置，他才应该是那个红娘第一眼看到的人。接着红娘走到台中央开始唱起来，那张合的小嘴又看得王济心猿意马。

王济没继承多少他爹的医术，医馆里几味寻常药材备好，瞎抓也能治个小毛小病，平日里没什么问题，但实在熬不住这出入院子的花销。王济从头排坐到侧排再到后排，最便宜的茶喝到散场，含着一嘴苦涩茶渣望着台上人。目送那红裙下了场还要想，红娘是该去喝水了吧，润润嗓子，接着就该去休息了吧，还是先换衣服？王济半闭上眼想象了一下红娘更衣的场景，不禁呼吸急促，不得不跷起一条腿来掩饰自己的尴尬。不过，转念一想，其实不必更衣，在后台躺在贵妃榻上小憩何尝不是一种风光？

人们发现件怪事，王氏医馆最近开张的时间越来越少了，于是就有好事的在一旁交头接耳："听说那蹩脚大夫迷上红娘了，整天守在人院子里头。"

后来春卷也来了，担忧地说："兄弟，你要有什么困难就尽管跟我讲，我定帮你！"

王济听了心中一动。下个月便是院子的周年，上次他去的时候已只能贴墙站着了，庆典的票钱是决计出不起的。王济刚想开口问问说能不能借点钱，如果可以他还想再坐回二楼包厢，可嘴里刚冒出音便嗓子发干，又把那点话咽回肚子里去了。

王济看着李秋禄想，就是这人，躺在红娘身上肆意妄为，他看得真切，那小半香肩肤如凝脂却偏偏落梅朵朵，想到这王济不禁咬牙，感到牙龈发酸。

“你怎么了?”李秋禄眼见着王济面色古怪，不禁问出声。王济则低头摆手说没事，三言两语敷衍过去。可不能被比下去，他想。

王济苦思半天，决意上山采些草药去。自城南往外走二里路有座灵山宝地，常有人在那挖到些贵重药材，再卖与药铺，能赚不少。王济心想，比起赌钱打牌这好歹是自己擅长的，不如就去碰碰运气。

忙活半天也有些收获，这便下山去。快到半山时忽然听到一阵脚步声，一道熟悉的红色身影自林间走过。

王济定睛一看，猛地停下脚步，倒抽一口凉气，“啪”的一声捂住嘴，喉咙里发出一阵低沉而含糊不清的响动，眼眶几乎湿润。他想起关于红娘的传闻，说她对脂粉香薰讲究极深，时常亲自去查看芙蓉花的情况，想不到竟是真的!

王济兴奋极了，怕惊扰了对方似的屏住呼吸快速上前，在她身后轻轻唤道：“红娘……”

红娘被吓了一跳，惊讶地看向来人。对方穿着粗布衣裳，指甲缝里都糊着泥，一副邋遢狼狈样。她开口问道：“这位先生，您这是……”

王济热血上头冲过去，被这一问反倒不知所措，甚至羞怯起来，看着红娘眼神色谨慎，不禁有些懊恼，摸着鼻子尴尬地说这天看着是要下雨，山路难走，不如两人同行，安全些。

红娘看他眼神就知道这又是个假正经的，满脑子都是肚皮底下那点事却还要装正人君子，觉得好笑，面上倒还是笑着说好。这遇上雨天实在是倒霉，有人上赶着帮忙也好。然而没多久红娘就有些后悔了，无他，只是这采药的眼神实在叫人寒毛倒竖。她见过类似的眼神，大多都让她疼得几天上不了台更接不了客。红娘抖了抖，不禁伸手拢了拢衣襟，觉得背后发寒。

王济看着红娘的衣领又向上一分，不自在地咬咬牙。他想，那李秋禄趴在你身上作福作威时可不见你这般冷淡。红娘分明是不记得他了，明明她曾柔情脉脉地要他常来，王济闭上眼还能听到那声音，而他也做到了，为了红娘几乎投入了大半身家，前后算一起再怎么也能抵得上李秋禄那只破表了，凭什么却对他如此戒备！想到这，王济不禁怒从心头起，恶向胆边生，一股怒气涌上心头，恶狠狠地盯着红娘露出来的那一截颈子，幻想是自己手握着那道白嫩。

说起来，这荒郊野岭，要是在这把红娘办了，也不会有人知道。这想法刚冒出来就把王济自己吓了一跳，脚上都落后两步。这怎么行，他想，可再看红娘走在跟前，步伐摇曳，又觉得裤裆里难受。几番思想斗争后终于下定决心，一下抓住红娘的胳膊就把人往怀里拉，喊："红娘！"

红娘被这一下拽得生疼，再看王济红着眼一副疯狂样，心中惊惧不已，甩开手大喊："你干什么？我今儿个可不接客！"就这一来一去便踩上了裙摆，一下从路边摔了下去，一路沿着斜坡滚，撞到树上才停下。

王济抬起的手举在半空中，连面上那急躁的表情都没收回来，整个人僵在原地，怔怔地看着红娘如一朵被丢在地上的花，艳红的花瓣一半被划得四散，沾着黑泥绿叶。

突然鼻尖一凉，如银针扎在身上，王济打了个哆嗦，慢慢眨眼。翻滚许久的黑云总算落下雨了，几滴之后如倾盆般落下来打在花朵枝头上，打在翻倒在地的背篓上，打在红娘沾了尘土的肩颈上，打在王济身上。他张开嘴，脸上肌肉抖动着把五官挤成扭曲的一团，嘴里发出不成调的嗬嗬声，向后跌坐在地上。

坡很陡，路很滑，雨水让下坡的过程变得更加艰难，王济不得不绕路才来到红娘身边。他颤抖着手将红娘翻了过来，红色的脂粉沾着泥，眼睛还睁着，藏着钩子似的瞪着。王济吓疯了，转身就要跑，但两条腿都发软，没几步就把自己绊倒在地。

这一下把王济摔懵了，却也摔醒了。这事要是被发现那他可说不清，届时一辈子就都毁了！想到这，王济感到一阵头晕目眩，明明是她自己失足摔下去的，他什么都没做，凭什么要为了一个娼妇背这黑锅！

王济吐掉嘴里苦腥的泥，慢慢爬起来，对，就是红娘自己摔下去的，全赖她自己穿成那般花枝招展样，她活该！王济看向身后，雨水让他有些睁不开眼，红娘在一片暗沉中鲜艳得很；再往后边看去，坡上一溜被压倒的草地枝叶显露出红娘摔下来的轨迹，而雨水冲刷泥土导致轨迹的边缘看着有些模糊。

王济愣了愣，忽然狂笑了起来，雨水混着脸上的泥流进嘴里也不管。他想起自己曾在天桥听卖艺的说过，有人靠雨水冲掉了地上的血而免于牢狱之灾。王济双手捂住脸大笑，眼泪和雨混在一起。老天助我，他想。

王济返回坡上将背篓里的药材扔到一边，返下坡将红娘塞进背篓里。红娘个头娇小，但要塞进背篓仍然不是件容易事，王济费了好大的力气，又脱下外衣将背篓给蒙上，走在泥上时每一步都要左右蹭几下才继续向前。

夏季的雨往往来得突然去得也快，王济不敢托大，快步向山下走去，两条背带勒得他生疼。他在嘴里不断念叨着："没事，本来就不是我的错，只要能在雨停之前把她扔下河就没人能发现，只要在雨停前，雨会把痕迹冲掉，我再把她一扔……没人能知道，但必须在雨停之前，得赶紧去……"王济每一步都走得很痛苦，背上宛如有千斤重，压得他快喘不过气来，"雨不能停，必须在雨停之前，赶紧去，没人会发现，在雨停之前……”他把这几句话颠来倒去地念，像一个口号，支撑着他向前。

山脚下的河不深，半清不浊也没什么鱼，胜在平日里无人来此。王济走到河边两腿一软跪了下来。雨还没停！他激动得发抖，手忙脚乱地放下背篓，红娘就从背篓里倒出半个身子。王济把红娘拖出来放到地上，见这婆娘头发乱如海藻，薄唇少情寡义，浓眉凶神恶煞，分明是个倒血霉的模样，觉得自己真是昏了头才为这婊子一掷千金。王济把红娘扔进河里，只听扑通一声，便断绝了他的灾祸。王济长舒一口气，后知后觉地感觉到冷，雨水把他淋得一身湿透。他又发了会愣，随后站起来，拎起背篓走了。

故事中的故事

董睿

“在我十六岁暑假的第一天，翻来覆去睡不着，便爬到木屋的屋顶上躺下，看着天上星河灿烂，羲和的光轮尚未踏足这片星空，只在东方，用蜜桃色的薄纱给夜轻轻添上一点颜色，遮不住星光，也赶不走月亮。

“这是我在山沟里生活的第八年，是爷爷离开的第六年。

“最初，我突然在课堂中被叫走，校长和爷爷在办公室里等着我。爷爷说，要带我去一个安全的地方，去一个山水如画、无忧无虑的地方，于是我们就来到了这条山沟，再也没有出去。

“后来，爷爷说要去寻找一件重要的东西，便带着几名年轻力壮的村民离开了村子。望着他们远去的背影，我并不难过，也没有什么感觉，只是从被带来的那一刻起，就好像被赋予了一种沉重的使命感，这一切都是命中注定，都只不过是命中注定。

“那之后，我受村民们的照顾勉强生活。他们给我带来每一日的餐食，替我在田间劳作，替我抓鱼、放牧。他们低下头，将那些农产品双手奉送到我的面前，尽管我觉得不适，也多次申明，不需要这样低声下气，但是他们依然如此谦恭，说是为了报答爷爷的恩情。

“我从书里读到，能享受这样待遇的，是统治者。

“只听到‘砰’的一声，一个沉重的邮包从来人的身上卸下，直接丢进小院。是‘信使’，爷爷这样称呼他们。他们总是穿着一身黑色或是深灰色的夜行服，在胸前别着各不相同又精巧别致的纹章，头上往往插着一枚色彩艳丽的羽毛，说不出是什么禽类的，也许这地球上没有这样的生物，闪亮艳丽，像宝石一样散发着华美的光彩。他们似乎只在夜间行动。

“‘这是主人随身的笔记和书本，剩下的物品会在接下来几日里陆续送到。主人在旅途中失踪了，按照他出发前的嘱咐。我们会接手他的……’他顿了顿，没有把‘遗物’两个字说出口。

“‘接手他的物品，并转交给您。’他向我深深鞠了一躬，‘我等信使，将竭诚为您服务。’

“这是故事开始的第一天。

“阳光在大地上铺设光影的棋局，露珠蒸腾，裹挟着香樟树的香气。

“此后的一切，都不真实了起来。”

这是妈妈给我的日记的第一章。日记是一个符合日记中描述的信使模样的人交给我的。她正站在我的面前，看着我读完这一页。

“我等信使，必将……”

“竭诚为我服务。”我照着日记原封不动地读了一遍。

她似乎因为被我打断有点不高兴，但我看不穿她的面罩，耸了耸肩，想要缓解这尴尬的氛围。

“妈妈她怎么了？”

“哎……大人她希望我来陪伴您的生活，她有一些重要事务不得不亲自去处理。”信使又鞠了一躬。

我没有见过我的父亲，从小就在这个山沟里和妈妈一起长大。和日记里说的一样，村民对待我们的态度十分谦恭。我没有见过外界的人，但是我明确地知道，我们，我和妈妈，和那些村民是不一样的。

他们有的身形极其壮硕，能长到一棵四五十年的香樟树那么高；有的身材纤细，却长着古怪的细长耳朵；有的又矮又胖，但是精于手工艺。有一个名叫鲁尔的矮小的家伙为我打造了一枚硬币，只有普通菜粉蝶肚子的厚度，打开却是一个可以计时的钟表，硬币正面画着他们称为羲和的东方太阳女神，背面则是一个完全不同的丰腴美人，据说是西方的月亮女神阿尔忒弥斯。他与我同龄，他说这是他最初的作品，可以给使用者带来祝福。我接受了他的好意，随身带着，于是计时跑成为了我们难得的游戏，我的败北也是日常，因为我们“不一样”。

妈妈也许是这所有人中唯一在外界生活过的人。从她的藏书中，我知道，那所用作学校的高大建筑，混杂有哥特式的钟楼，巴洛克风格的内饰，和古中国榫卯结构的走廊，看上去古怪却又宏伟。

从此，信使便一直陪伴着我，她说她叫伊芙，绘有火山的纹章在日光下闪闪发光。她也许不再像一个信使，而是我的管家。她总是一边说，你的母亲是一个博学的人，一边抚摸着藏书库里妈妈带进山沟的那些书，眼神一下就柔和起来，像看着一只撒娇的猫咪，像看到自己的挚爱。

遇见她之后，我便开始了一边学习，一边阅读妈妈日记的生活。

“遵循爷爷的日记的记载，我在那个特殊的日子里进入了那里。明年的月光照亮了湖面。我穿过湖面，看着游鱼从我的身侧滑过。我慢慢下沉，没有像平时在河川里玩水时那样浮起。我恍然意识到，在这里有着与外界相反的重力。我开始加速，看到了河底的水藻和石块，我害怕撞上，不由得开始挥舞手臂，用手护住头部，却看到湖底开始散发出幽蓝色的荧光。我穿过了那里，不再有被水包裹的感觉，周围风声呼呼响起，我在向下坠落！

“我看到了一片又一片的整块的农田，深绿色的，浅绿色的，像地毯一样平坦柔软的，像毛刷一样坚硬突起的。还有只能让人发出‘了不得’赞叹的建筑，可能有一百，不，至少三百米高的塔楼，向两边逐渐低了下去，一直延伸到我所能见的天际线上，像一把劈开世界的巨斧，在这巨斧之前，是许许多多城市聚落，就像一颗流星坠落在大地上，向外辐射出生命的繁荣。天哪，我已经不知道该怎么形容眼前的情景。我似乎寻获了爷爷的宝藏。

“但是我依然在向下坠落，我不知道该如何停下来，但也并不像我在那个世界上学到的那样，我没有感受到任何热量，只有呼呼的风声。

“天哪，就在我接近地面的过程中，速度居然慢了下来，直到我调整姿态落地的时候，我像一片羽毛，落在了一个石质的广场上。

“周围的居民都停下了脚步，驻足围观从天而降的我，两个白发苍苍的老人出现在广场尽头。我认出来其中一个是爷爷。爷爷用手中的拐杖轻敲地面，一个发光的圆阵出现在我的脚底，下一秒，我就转移到他们的面前，我想，这一定是魔法。

“周围的人却都突然跪下，向着爷爷的方向朝拜起来。

“我后来知道，另一位老人是爷爷的信使，被称为‘破风者’的剑豪。”

“这是什么奇怪的小说情节！”我把这一页翻给伊芙看，伊芙只是笑笑。

“你去试试不就知道了。”伊芙端上了一杯凉好的茶。

她总说我和她相性好差，我尝不得烫的食物，她却擅长加热东西。即使是家里没有木柴的日子里，她也能在手心里搓出一朵小小的粉色火苗，完成煮饭的工作。

除了那十几本笔记本外，还有各种地图、任务简报、各种生产资源的分配报表，和画着奇怪涂鸦的卷轴。伊芙说那些是魔法卷轴，释放魔法的时候，脑内想象出这些形象并将其具象化，就会成为破坏力强大或是令人惊奇的魔法，不过这里的大气不符合魔法施展的条件，于是她又向我展示那枚粉色的火苗。

“以前它可比这大多了。”她耸耸肩。

我用了整整两年的时间看完了所有日记，知道了他们的故事。

母亲的爷爷曾肩负着勘探煤矿的任务，被安排在这山沟附近的区域探索。他在山间发现了一片如镜子一样澄澈清明的湖，竟然感觉受到什么声音的感召，跳了进去。他在那里，去到了母亲日记里记载的那个世界。用他的话说，那是神的时代尚未结束的世界，是魔法、黑铁和巨石的时代。他本是一个坚定的无神论者，我尚不知道他究竟看到了什么。只是他在那里广泛地游历。他称那个世界是“湖中仙境”。

每当入夜，他就会来到湖边，悄悄潜进湖底，去往“湖中”。据他说，在“湖中”游历的时候，现实世界中的躯体只是在湖边沉睡，当因为有人出现而惊醒时，

"湖中"的自己也会直接陷入沉睡，回到现实。

"这样的睡眠似乎比原本的睡眠更有效，第二天全身的疲乏得以消解，甚至在逐渐变得强壮。"他说。

他精通了在人类传说里被称为妖术、妖法的那种东西，或者也可以叫作魔法。他帮助弱小的种族建立家园，将现实中的国家体制施行于那个世界。随着他的声望逐渐提升，巨人、矮人、精灵、鬼这一类的传说生物在他的游说下组成联盟，生产力快速提升。

在他的眼里，科学永远是至上的，他希望在那个魔法、黑铁和巨石的时代引入工业化。

想法一经提出，众生哗然。

在那些传说生物眼中，这是一个愚蠢得无可救药的提案。如果说地球的大气充满了干洁的电影空气，滋养着无数的生命，那么那个世界的大气里充满了魔法必须的介质——在古希腊曾被认为是闪电传播介质的"以太"。舍弃魔法，不仅是舍弃了神明的恩赐，更是对湖中世界既有法则的推翻。

我想，他一定没有教给他们三权分立、互相制约的原则。

他利用各个种族教授给他的独特的技艺、魔法和权力，展开了大刀阔斧的改革，在“湖中”最大的大陆中央，建立起了参天大楼，完全仿照着斯大林时代苏联建立的其中一座“斯大林大楼”，只是，是它的放大版。

大楼将大陆一分为二，保守派被流放到西部的黑森林，追随他的改革派享受着母亲日记里提到的繁荣。而选择放弃统治权，愿意避世隐居的原贵族们，成为了陪伴我整个童年的村民。

他被称为“昏愚的贤者”，既称赞了他的强大力量，又讽刺着他不合情理的改革。可是无论如何，他的统治开始了。在这个世界的他，失踪了。

母亲出现在那个世界并没有做出什么改变，她成为了她爷爷的助手，在进一步的统一管理物资和分配上给予建议，西部的人们讽刺她为“盲信者”。

母亲甚至受命前去屠龙。龙血是可怕的东西，不同的龙拥有不同的恩赐，有的带有剧毒，沾染上就会死，有的，则会带来不可治愈的残疾。她被龙血污染，那条龙的胚胎在她的体内重生，孕育出了我。

我从来没有见过我的父亲，或许，我根本就没有父亲。

“她是一个学识渊博的人，只是不懂得如何去运用。”伊芙这样评价。因为爷爷的失踪，母亲的父母被捕入狱，将她带入山沟的爷爷是她最后的依靠。

“我总是从她的眼里看到忧伤。她想要获得幸福，想要让所有人都获得幸福，可是最终，没有人幸福。”伊芙还这么说过。

“你的母亲派我前来引导你，陪伴你。她认为，你可以给那个世界带来幸福。”伊芙说。

“你不必按照他们已经走过的路去走，甚至无需加入他们的阵营，选择你相信是对的的事情，去做就好了。”伊芙这样鼓励我。

我也曾问过她和母亲究竟是什么关系，她只是笑着告诉我：“并肩作战过的伙伴。”

而当我问起，你希望我选择哪一个阵营的时候，她又会说，在哪里我都饿不死，你随意。

“在精灵中流传着这样的传说，湖中的微光会引来巨大的海怪，带来倾天的潮汐，巨大的墙壁分割了世界，在黑暗中守望星辰，在静默中积攒力量，贤者的血亲将阻拦黑暗的潮水，将时代引向正轨。那个人不是你的母亲，也可以不是你，但他总会到来。我相信有那样的一天。”伊芙正站在镜湖的边缘，正是我十六岁的夏初。

她牵着我的手，一步一步，踏进冰冷的湖水。

没有月亮。

我一步一步行走在湖底的淤泥上，有时踩到小螃蟹，有时被湖底的石块硌痛脚底。并没有母亲日记里写得那么玄幻，那么唯美。我只觉得湖水冰冷刺骨，和憋不住气的慌张。

突然，面前的湖水亮了起来，周围的水压一下子减轻许多，我的胸廓逐渐扩展，不再有压迫感，似乎可以呼吸，可我又不是在用肺部呼吸。伊芙示意我低下头。

面前的湖底已不再是淤泥和石块，就像一层薄薄的冰，罩住了下面的整个世界。果真有巨大的“斯大林大楼”，果真有西部成片的黑森林和东部整齐划一的农田，只是这次，还多了些许排列整齐的工业单元，浅灰色的建筑排列在道路两旁，还有我从来未曾见过的、红白相间的高塔和金属色的管道，像大地的静脉，也许有冰冷的血液在其中流淌。

伊芙做了一个“请”的姿势，我拉起她的手，毅然决然地向下倒去，向西部坠落。我想实现母亲的愿望，找到让湖中世界幸福的方法。

我们摔落在一棵巨大的黑色橡树上，伊芙把我从树杈之间拎了出来，我发现她的背后长出明亮的橘红色翅膀，不住地燃烧。

落地的刹那，我们就被一群手持长枪的精灵包围了，他们属于我说过的身材纤细的那种，也许他们就是被流放的原住民。我正打算说明来意，伊芙把手挡在我的身前，用力跺了一下地面，开口道：“我是火精灵的族长，伊芙利特，护送盲信者之女降临于此。”

只见周围的精灵收起长枪，单膝跪下，向伊芙致意。

很快，我们被带到了黑森林中央的根据地。

数十把椅子呈环形摆在中央，许多年老的精灵坐在椅子上，围着中间的水晶球，默默无言。

水晶球里播放的都是东部世界的光景，长得像人的树正被赶进熔炉，作为燃料推动一个高塔运作。无数小小只的人形生物被囚禁在玻璃罐子里，挂在路边的木桩上充当路灯。矮人们在一个巨人的监管下，在一个矿坑门口时进时出，采出的矿石会被周围待命的精灵术士即时传送走。一切都有条不紊，一切都快捷有序，一切都让人提不起笑容。

“你看到了吗？这一切。由你的曾祖父一手创造的这一切。”我对面的那个精灵发问了。

我点头。

“我们树人，本是大自然的庇护者，森林的守卫者，现在，却被作为生产快速用之不竭的燃料。每一天，每一天，我都坐在这水晶球前，观望着他们被推入火焰。

我的同胞们，我的同胞们……”一个树人转向我，他情绪激动的用树杈，也许是他的手，拍打着他的身躯，周围的森林跟着震动，震落层层树叶。

“大气中的以太浓度显著减少了。”一个身穿长袍，把脸掩藏在兜帽下的女性说道，“只有在信仰缺失的年代，以太的浓度才会减少。在这里的历史上，此前只有长达百年的大混战时期才出现过这样的状况。那些投降的领主和他们的附庸，似乎作为权力高层，从中获益甚多，早已失去了对神明的敬重。当以太稀薄的那一刻到来，我们，都会消失。”

“龙之女啊……”我转向声音的源头。

“龙之女、贤者的血亲，你是来领导我们推倒那堵墙的吗?”一个角落里的老头直勾勾地看着我。

“如果我能做到的话。”我捏紧了拳头。

我想不明白，为什么，那些陪伴我度过童年的村民，愿意躲在另一个世界，装聋作哑，苟且偷生。他们交出了自己的统治权，交出了做选择的权利，也交出了作为这个世界的孩子存活下去的权力。

也许，让这个世界幸福的方法，就是让一切回归最原初的样子，无“人”踏足的样子。

不知道过了多久。我跟着他们在森林深处狩猎，学习各种武器和战斗技巧，在伊芙的指引下学习魔法和星象。

我可以用普通的弓射出携带着破坏魔法的箭矢，可以给长剑赋予必中的魔法，在掷出后，穿透目标的心脏。

我不再只是“龙之女”“贤者的血亲”，我成为了“诸神的利刃”“肃正者”，成为了他们心中让世界回归平常的希望。

我，我们，击退了一波又一波来自东方的联军，一次又一次在钢铁的洪流中用魔法、技巧和谋略破坏他们消灭我们的企图。

代价是惨痛的。黑森林已经被消灭、污染过半。我们被逼到了几乎最西部的海角。

在我所经历的最后一场战役里，我看到母亲出现在阵前。她看着我，默默无言。我没有犹豫，拈弓搭箭，向敌阵射出流星雨般的箭矢。

随后便发起了冲锋。

我已经不记得我们是怎样推倒那堵墙、让那座大楼夷为平地的。我只记得一个白发苍苍的老人出现在我的面前，他问我："我做的一切，都是错误的吗?"

我没有回答，把剑刺入了他的心脏。

之后，我醒来的时候，和母亲一起躺在湖边，我把她叫醒，我们一起手拉着手回到家。一路上两个人什么话都没有说，就像做了一场一样的梦。

"那然后呢?"我的女儿问我。

然后，回到村庄，村里一个人都没有，只有那些奇奇怪怪却看上去宏伟的建筑，就像从来没有人生存过一样。除了我们。后来我们又一次潜入湖底，却不再有幽蓝色的光，也没有另一个世界的天空了。我们离开了那个山沟，再也没有回去。

我看着落地窗外高架桥上星星点点的车灯，抱着女儿，在她的额头上亲了一口。

“那妈妈，你觉得那是一个什么样的世界呢?”女儿问。

“是仙境吧。”我想了想。

“那现在，他们会变成什么样子呢? 树人，伊芙，还有各种各样的精灵们。”

“也许那个世界，也会变成下一个人间吧。”

远处的天际线上，一排排红白相间的高塔矗立而起，向天空喷洒着白色的烟雾。我不清楚这是以太，还是什么其他的东西。只是这一次，我不再有持剑站在世界对面的勇气。

女儿睡下了。我回到自己的房间，打开了床头柜。

一枚绘有火山的纹章在夜灯下闪闪发亮。

“此后的一切，都不真实了起来。”妈妈的日记这样写道。

“尚没有人知道，这一切是否真实发生过，便成了我女儿的睡前故事了。”

“也许还有一片镜湖，充斥着以太和神明信仰，在魔法、黑铁和巨石的时代里熠熠生辉。”

我关掉了灯，窗外明暗交错，我梦到一条巨龙，飞向西方。

故事中的故事

孔令轩

“我亲眼看见了末日。”

翻开这本已经微微泛黄了的日志，首先映入眼帘的便是这么一句耸人听闻的开场白。

“我看见俄狄浦斯山上的灰色云气遮蔽天空，那是采矿场的冰晶石瞬间蒸发而又凝华于半空之中留下的痕迹，宛若这个世界临死之前的哀悼面纱；我看见灯塔插入狂暴天穹，被时间立场的光芒压弯而后击碎，燃烧的碎片如星辰一般坠落大地。这就是末日，是这个星球的末日，是人类狂妄幻想濒临破碎的末日。”

诺亚合上日志，深吸了一口气。

在这颗已经彻底死亡的星球之上，连空气都似乎被死神的黑袍所笼罩，凝重得像是身处沼泽之中。他转过身，将日志交还给遗迹现场的工作人员，后者小心翼翼地将其放入无尘力场中，和其他重要证物一并归类放妥。

“你确定是这里没错吗?”诺亚向四周环视了一圈，接着询问在一旁用量子计算机处理数据的艾伯特。

“嗯。根据AI自动采集到的数据，爆炸的源头很可能就是这里。”

“别开玩笑，艾伯特，三天前在那个峡谷城市的遗迹你也是这么说的，结果那里离这里有七八百公里吧。”

“这次不一样。这次的数据和我们一开始在基地里接收到的信号很吻合。”

“直说吧，艾伯特，这次正确的几率有多大?”

“百分之九十吧。”

“哈，那也就是说，我们居然有十分之一的可能性又扑一场空？要是真这样一直等下去，这个小不点星球的弹弓效应要达不到光速引擎启动的最低初速度了。我老婆孩子还在家里等着我呢，不像你一个人自由自在。”

“其实……”艾伯特摘下神经传导耳机，撇了撇嘴道，“三天前我们就已经错过了第一次回家的机会，第二次至少要等到半个月以后了。”

诺亚叹了一口气：“亏你说得出这种话，这就是你屡次失败的理由？信不信我回基地之后就向军委会报告，把你给炒了。”

“别急，我都说了，这次我们的方向很可能是正确的。你不是都找到那本日志了吗？这不就是一个侧面的证据吗？也许爆炸发生的时候那个人就在现场呢。”

“我不觉得面对末日，真的有人能够有这种定力有条不紊地把所见之景记录下来。多半是哪个运气差的三流作者遗留下来的小说草稿，结果碰巧真的撞上了末日吧。不过这家伙的文笔倒蛮不错的，我还挺喜欢的。”

“你居然懂这方面的东西？”

诺亚耸了耸肩："年轻的时候经常喜欢捣鼓这一方面的东西。现在越来越忙了，就全都扔到一边去了。"

艾伯特挑了挑眉："哦，是吗？我倒想见识一下，诺亚大师亲口称赞的东西到底怎样。"

"咱说话能别那么刻薄吗？不是我吹，如果这人真的是在爆炸现场写下的这些文字，那他生前肯定是一个伟大的诗人。"

"那你倒是读一段啊。"

"正好，我刚才用扫描仪把整本书都存储到芯片里了。"

诺亚从芯片里调出扫描仪记录下来的照片，翻到刚才看到的那一段，开始读道：

"时间潮汐第三次席卷来的时候，这座城市已经有一半陷入了完全的黑暗，而另一半，则是被熊熊燃起的大火映得通亮。靠近力场源头的那一片城区，已经完全被宇宙吞没，卷入了多元时空的险恶漩涡之中。"

"被宇宙吞没？这种修饰可不常见。"艾伯特好奇道。

“可能是指时间力场扭曲了空间，形成了布雷顿海市蜃楼效应吧。如果当时在场，也许真的能看到光年之外的宇宙空间和天空重叠并存的景象。”诺亚道，“一辈子看到一次那样令人叹为观止的景象，死了都值得。”

艾伯特不屑道：“真到了那时候，你都被吓尿裤子了，哪有心思看什么海市蜃楼。”

诺亚点点头表示同意，接着读道：

“时间力场惊人的引力在落日上方，那金色云块的聚集处，撕裂出一个巨大无比的豁口，就像世界树尽头伸展而出的无数枝叶一般，向四面八方的地平线延伸。这时，一切都安静了，求救声、惨叫声、末日来临时该有的嘈杂瞬间烟消云散，火焰静静地燃烧，四分五裂的高楼大厦静静地倒塌，人群全都停止了无意义的逃亡，抬起头仰望在那天空中绽放开来的奇迹之景——”

艾伯特忽然出声打断：“等等！”

“怎么了？”诺亚皱眉道。

艾伯特没有出声，只是打开了量子计算机的投影仪，无言地指给他看上面两条交错并行的曲线——完全一致！

“真的完全吻合？”诺亚有些不敢置信。其实他已经做好了再次全盘推倒重来的准备，却没想到之前让他失望无数次的艾伯特，偏偏在这一次没让他失望。

艾伯特握住诺亚的手，无比骄傲地说道：“没错！看来，这里就是末日的最终源头、灾难爆发的起始位置，也就是——时间力场的埋藏点！”

“总算找到了。为了收回这项技术，联盟可是下了血本的啊，要是这次空手而归，我们可真的要被流放了。多亏了你啊，艾伯特，我收回前面的话，回去我就提交文件，让你升职。”艾伯特不好意思地挠挠头，道：“其实吧，我自己也没想到这次真的给我蒙对了……”

“你小子，原来之前几次你都是瞎蒙的啊？”

诺亚虽然嘴上骂着艾伯特，但心里却万分高兴，因阅读的兴致被艾伯特打断而造成的那一点点不愉快，也早已被发现时间力场的喜悦冲洗得无影无踪。

等到大型采掘器从近地轨道的母舰上运送下来的时

候，天色已晚。

原本诺亚的意思是等第二天再动手清理遗迹周围的碎石，但实在是拗不过艾伯特的好奇心——他一心想要知道联盟的这项神秘技术的真身，巴不得下一秒就徒手把深埋在地下十公里处的时间力场连着整个实验室的残骸挖出来。

于是，趁着夜色，采掘行动开始了。

这颗孤寂的星球的夜晚比白天更加难熬，除了寒冷和黑暗，还透着一种瘆人的腐臭气息，仿佛无数横尸在此的亡灵潜藏在阴影之中凝视着自己。

灾难是在第三百四十四号实验的过程中突然降临的，虽然对于诺亚他们以及整支星际舰队来说，从接到求救信号到整装出发，不过是一个星期前的事，但算上光速航行所造成的相对论效应，等他们到达这颗星球之时，距离它的末日已经过去了数百年。

身处一个数百年前经历过一场浩劫、如今已经只剩冰冷的城市遗迹的星球，就如同坐在一具腐朽到快要化作尘埃的白骨的怀抱中一样，令诺亚脊背发凉。

他一边不耐烦地盯着采掘器的钻头带着震耳欲聋的

轰鸣声向地壳下层挺进，一边走向不远处呆呆伫立着的艾伯特，说道："我看你现在也没什么事，不如继续读刚才那本日志吧。知道书上内容的真实性之后，你不想知道几百年前那场末日的结局吗？"

艾伯特点点头："上面写难民们在天空中看到了'奇迹之景'，那究竟是什么呢？"

诺亚打开芯片，再次调出日志，读道：

"在那云端的裂隙的另一头，另一个全新的世界向我们迅速靠近。那是一个充满死亡气息的世界，除了焦炭、泥土与嶙峋的岩石，空空如也。不！那不是一个全新的世界，人们惊呼道。那是我们自己的世界，只不过，那是数百年后，末日的地狱终于从已经死亡的星球上离开之后，孤寂而黑暗的世界。天空化作一面镜子，这一头折射着人类的黄昏，而那一头，则无情地昭示着宇宙的午夜。"

诺亚突然停下了。艾伯特一脸诧异地问道："这是什么意思？什么叫'另一个全新的世界'？是所有人都下地狱的委婉修辞吗?”

诺亚摇摇头，脸上的神色比艾伯特还要迷惑。

“后面呢?”

“没了。就这么多。”诺亚皱眉道。

“就这么多？你确定吗？整本日志没有其他文字了吗?”

诺亚操纵芯片，从头到尾将整本日志又扫了一遍，忽然有了新发现：“第一页有一行被涂掉的字，似乎写得很匆忙，不知道是不是同一个人所写。”

“是什么?”艾伯特好奇道。

“我看看……‘快……逃……’”诺亚眉头紧皱，“好像是‘快逃’，这话是写给谁的呢？又为什么要涂掉呢?”

正当二人苦思冥想之际，地面下方忽然传来一阵剧烈的震颤，诺亚一个趔趄，差点摔倒在地。

“怎么回事?”艾伯特的脸色一下子变得苍白。他连忙奔向放置在一旁的量子计算机，没看几眼，原本慌张的神色一下子被恐惧所笼罩。

诺亚心知大事不妙，还没来得及问，艾伯特先开口了：“……启动了。”

“什么?”诺亚一下子没反应过来。

“时间力场……被启动了。”艾伯特示意屏幕上闪烁着的数据。数字以惊人的速度不断向上跃动，这样的趋势，诺亚只见过一次，就是在基地里，收到这颗星球末日前传来的讯号之时。换句话说，数百年前发生在这里的大灾难，不知为何，即将再度光临。

“为什么?”

“不知道，我们离地下的实验室还有七八公里，不可能是我们的原因造成的。”艾伯特绝望地说道，“力场是自己启动的。”

“还有机会逃走吗?”诺亚心中已经凉了七八分，但还是不愿放弃最后的希望。

艾伯特沉默了，接着摇了摇头：“按照这个辐射量，不要说我们，就连近地轨道的母舰也会连带着一起被摧毁。”

诺亚一屁股跌坐在地上，夺眶而出的泪水还没来得及流下来，不远处的地面就一下子被什么东西从下方轰开了，采掘器也被炸得粉碎。

在漫天的烟尘与碎石之中，一束明亮的光柱穿过灰暗的大气，瞬间击穿了漆黑一片的天空。这光之强烈，诺亚几乎被刺得睁不开眼。

“这就是……时间力场……”一旁的艾伯特喃喃道。

下一秒，天空瞬间如幕布一样向两侧猛地掀开，露出了漩涡一样的巨大孔隙。

就在这一瞬间，诺亚的心脏被猛地揪紧。

因为，他清楚地看见了，在那巨大空洞的另一边，是一座燃烧着烈焰的城市。随着那个世界的迅速靠近，他甚至能辨认出，伫立在那片城市中央，静静仰望着自己这一头的、黑压压的人群。他们无声地伫立，在末日前壮烈地赴死。

“原来……是这样啊……”

在意识完全陷入黑暗之前，这样的念头浮现在诺亚的脑海之中。

再次睁开眼时，诺亚正躺在一个小巷之中。

落日悬挂在巷口，余晖缓缓映入，洒落在他的身体上。借着光，诺亚惊讶地发现自己的身躯完好无损，完全没有在两个世界的碰撞下粉身碎骨。

——为什么？为什么自己没有死？

带着这样的疑问，诺亚起身，还未走出小巷，便听到了外面的骚动。外面一片狼藉，四处燃烧着火焰，人们——无论男女老少，全都带着惶恐的表情四散溃逃。

学过一点时间工程学的诺亚一下子明白过来，他并非真正逃过了一劫。当两个不同时空在时间力场的作用下碰撞之时，来自多元宇宙的时空暗流将他卷入，其结果便是如此——他被莫名其妙地送往了百年之前的末日世界。

虽然眼下还没有死，但是随着末日的步步逼近，自己终究难逃一死。唯一不同之处便在于自己是死在几百年前还是死在几百年后。

——可恶！自己早该想到的！那本日志已经暗示得很清楚了，可他还是没能想到这一层。时间力场的力量之强大早已超乎了他的想象，竟然能够突破物理法则的限制，将同一个世界的过去与未来联系在一起。

也就是说，从第一次末日来临开始，这第二次的末日便是注定的。

对死亡的恐惧和对现状的无力感一下子席卷上他的心头，瞬间便扭曲成无尽的悔恨。之前没来得及流出的眼泪，现在一滴一滴流过他的面颊。

逃难的人群涌过他的两侧，可他却无动于衷。

他想起了远在光年之外的妻子和孩子，想起了自己虽不美满但仍然值得回忆的前半生，想起了这么多年来因繁重的工作而渐渐淡忘了的、儿时的梦想。

一生的轨迹在他的眼前滑过，也即将在他眼前走向最终的结局。

“不——!”他吼叫道。

一定还有什么办法！一定!!!

内心对生的渴望一下子被激发出来，诺亚的脚步开始挪动起来，穿过人流，穿过废墟和火海，一开始漫无目的，渐渐变得坚定不移。他也不知道他在向哪里走，他像是被命运的摆渡人所拉着的一条漂泊不定的小船，在末日的湍急河流中，追逐着那个近在咫尺的目标——那个“办法”!

就在此时，诺亚的视线一下子被一本日志俘获。那本书掉落在街道一侧的地面上，在人人自危的境况之中，没有人注意到它，也不知道它是哪个急于逃跑的人遗失的。

可诺亚认识这本日志。

就在数分钟之前，他还在芯片中阅读它的副本。

诺亚感觉自己的身体有了自己的意识。他呆呆地走向那本日志，捡起了它。他从口袋里掏出随身携带的签字笔，翻开第一页，写下了两个字——

“快逃。”

就在那一瞬间，诺亚清醒了过来。笔掉落在地上，碰撞声回响在他耳际。

——果然，不可能啊。

原本他想，如果这本日志被未来的自己找到，也许能够提醒自己，在时间力场被启动之前离开这颗被诅咒的星球。可是，他猛地想起，在未来的自己发现日志时，已经错过了立刻离开的机会——而下一次机会在半个月后，到那时，一切都晚了。

这就是命运吧，大概。

末日注定要再次来临，而他，诺亚，还有艾伯特，以及母舰上的所有战友，都注定在这末日之中，随着数百年前死去的居民们一同前往地狱。

诺亚捡起笔，将写好的那行字重新涂掉。

既然终究难逃一死，不如现在自己先走一步吧。诺亚这样想着，拿出了随身携带、原本为了以防万一用的手枪，抵住了自己的下巴。

就在他即将扣下扳机前的那一刹那，透过蒙眬的泪眼，他看到了——

"奇迹之景"

只见远处高耸的山峰之上，黑灰色的烟雾盘旋笼罩、遮天蔽日，像是送葬的寡妇头顶所戴的黑纱。而在一旁，依山而建的巨大灯塔正在从顶部开始分崩离析，无数燃烧着的碎片如流星雨一般坠落，大地因此而震动不已。

在那之后，更加奇异的景象浮现于天空之中——原本被夕阳的光芒映得通红的天空，半边被悄然浮现的黑暗吞没。在那黑色的幕布上，大大小小的恒星旋转着、变幻着。在某一个时刻，一整个巨大的星球充满了天空，仿佛宇宙近在咫尺。

"这就是……布雷顿海市蜃楼……"

几个小时前，他随随便便与艾伯特开的玩笑，现在居然成真了。自嘲的笑容在诺亚的嘴角绽开，眼泪再次夺眶而出，可这次却不再是悲伤的泪水。

因为，他终于明白了。

他的一生如走马灯一般，在他的脑海中回放着。可这一次，有了些许不同，他想起了小时候的梦想——被父母、被现实、被世界扼杀的梦想。

以前，他是多么热爱文学啊。可是，在进入联盟任职之后，他的所有精力全都耗尽在完成任务、接受新任务的原地转圈之中。

他已经淡忘了。淡忘了当初的激情。

可是，现在他又回想起来了。

诺亚笑了。旁边不断逃亡的人们看着他，就像看疯子一样。

他们不明白，诺亚心中默念。这个末日，确乎是一场惨绝人寰的大灾难。可是对他而言，却不只是剥夺他生命的罪魁，从另一种角度而言，亦是福祉。

它带来了他这一辈子艰苦探索都没能得到的东西——

其一是以自己喜欢的方式过这一生，其二便是文学的灵感。

诺亚重新拿起笔，打开日志，凝视着远方的落日，感受着夹杂着呼救声的劲风掠过他的耳边，接着提笔写下——

“我亲眼看见了末日。”

对话博尔赫斯

王翰乾

我已经老了。这些天我常常回想起三十余年前的那个下午。我和他面对面坐着，像老友一般聊天。外面是六月的日内瓦明亮而澄澈的夏日，而非一九一九年他离开时的那般残年急景。我不知道（或许永远不可能知道）采访时他浑浊的目光到底在看向我，还是看向那年的街巷，尽管这对失明的人来说无甚区别。他说那时日内瓦的大街上情侣成双成对，挽着手、搂着腰，互相拥抱或接吻都是很正常的事情，不像布宜诺斯艾利斯。现在我也已八十六岁，活到了他的年纪。我常常怀疑，他没有给我发表的许可是因为，在访谈里他反常得像个醉酒的老汉，讨论起了一些从未公开谈论的话题。我有一种朦胧的感受，他一生所深爱的或许不是文学，而是年轻时在日内瓦获得的记忆，而记忆是私人的、难以被言说的。所以我尊重他的意见，甚至没有对采访稿做任何整理。三十年过去了，我也将不久于人世，但我还是决定凭借已经模糊的记忆，写下这篇稿件，或许这也是他希望看到的。我清晰地记得他在访谈中说过的话：有时，梦境比精确更接近真实。

我还是想多啰嗦两句，尽管我从未向外人提起，但这是我一生都引以为傲的事：很多人都认为，豪尔赫·路易斯·博尔赫斯最后一次对媒体发声是通过他的文学编辑，让·皮埃尔·博内斯，他给《今日新闻》写了一封信，表达了他对媒体指责他与玛利亚·儿玉的婚姻的愤怒，那是一九八九年五月二十一日的事情。而我与他的采访发生在六月九日，博尔赫斯是六月十四日拂晓去世的，我感谢他给我这个珍贵的机会，此外，不得不说，这很符合他的风格。

我还能想起，采访结束，将要离开的时候，我捏了捏那位老者的手，他勉力抬起头，用那双已经失明的眸子，深深、深深地看了我一眼，一字一句地说，不应恐惧。我不想再多说了，读者是无法通过我了解一位伟大的作家的，让乔琪[1]自己说话吧，我要流泪了。

以下是正稿：

前言

我不知道博尔赫斯为什么会接受我的采访。每天都有无数记者在他下榻的十字弓旅社楼下等待，仿佛想要在这位文学大师临死前榨干他最后一丝新闻价值，从而大赚一票。至于他的夫人，比他晚出生数十年的文学秘书玛利亚·儿玉，又有谁真正关心呢？我十年前就注意到这位文学大师除了公开的报道，似乎还有很多不为人知的事，我那时就向他发出邀约。但众所周知，我们报纸的读者比较小众，无法和大报社竞争，因此他一直没有同意，此次他同意采访，可能是对我一向的那个问题产生了好奇。我的问题是：什么是阻挡了你和乌尔里卡的格拉姆剑？

1. 博尔赫斯的昵称。

正文

本报记者：

非常荣幸能在此时与您对话。六月的日内瓦已不再像冬日那般阴冷了，不过各有各的美。不知你更喜欢一月白雪皑皑的山麓，还是六月明亮的街道？

博尔赫斯：

我一向认为六月好些，一月的日内瓦给我带来一种严肃的悲哀。有些事情玛利亚还不知道，所以我让她出去了。我想我对此有一定的发言权。我十五岁来到日内瓦，在这座城市生活了五年，在一九一八年的夏天我遇见了自己的初恋。她的眼睛是绿色的，有一头明亮的红发，令人眼花缭乱的身材还有卑微的出身。那时日内瓦的大街上情侣成双成对，挽着手、搂着腰，互相拥抱或接吻都是很正常的事情，我也同那里的人一样染上了浪漫的疾病。我疯狂地迷恋她，我带她去过一家小酒吧，喝了一些葡萄酒，然后热烈地拥抱、接吻，我幻想自己理智又痛苦地占有了她。但那是夏天，我知道家人不会同意我同她在一起的，我母亲的祖父是阿根廷的英雄，胡宁英雄苏亚雷斯上校，我的父亲也是贵族出身，他们不会接受我和工人家庭的女孩一同生活，他们认为她配不上我。而且父亲还要南下治疗他的眼疾，所以我知道快乐只能是短暂的。于是夏天过后，我同家人大吵了一架，最终还是他们获胜了。父亲在我十九岁生日时按照阿根廷的习俗，让我去红灯区同一个安排好的妓女幽会，那间卧室充满了铜臭味，我至今都不堪回首。我开始慷慨激昂地背诵波德莱尔和兰波的诗，不过这无济于事，我还是在冬天离开了日内瓦。我永远也无法忘记我要和她告别时她的眼睛，深绿暗沉而绝望。所以我更喜欢六月的日内瓦，而不是一月的。很好的问题。

本报记者：

我很惊讶您会分享自己的往事，这和我在作品中看到的您很不一样。很多人认为，您是一个冷静而克制的冥思者。您很少提及自己的日常生活，作品中也多为形而上学的思考，但现在看来似乎并非如此？日内瓦的这段经历是否给了您某种启示，以至于您曾公开表示，它是您的第二故乡？您如何看待生活与写作的关系？

博尔赫斯：

生活是写作的根源，我想自己并不例外。我近几年才弄清一件事，日内瓦的经历是我一生经历的开始，此后我的创作、行为模式已经在日内瓦定下了基调，只是我那时还不自知。我曾经痴迷于先锋派的表现主义，有批评家评论我的作品费解且具有实验性，我想这都是源于我的内在矛盾。我的家族显赫，名人众多，但是到我的父母这代便有些没落了。母亲希望我能出人头地，赢回我们家族的荣誉，而父亲却教导我追随自己的热情行事。当我还小的时候，受到同学的霸凌，父亲便扔给我一把短刀，让我同他搏斗，这在某种意义上代表了一种原始的野性。我人生的大半部分便在父亲和母亲对我的影响中摆荡，我后来爱上的女孩都是红发，现在看来带有一种反抗意味。我也有一种浓郁的“短刀情结”，在《南方》的结尾我曾写过一段话，我可以读读：“在疗养院的第一晚，当他们把注射针头扎进他胳臂时，如果他能在旷野上持刀拼杀，死于械斗，对他倒是解脱，是幸福，是欢乐。他还想，如果当时他能选择或向往他死的方式，这样的死亡正是他要选择或向往的。达尔曼紧握他不善于使用的匕首，向平原走去。”

另一方面，我将自己爱慕的女性抽象成一个变化多样的、永恒的存在。我使她的形象上升成一个囊括万物的阿莱夫[1]。“我看到我的空无一人的卧室，我看到阿尔克马尔一个房间里两面镜子之间的一个地球仪，互相反映，直至无穷，我看到鬃毛飞扬的马匹黎明时在里海海滩上奔驰，我看到一只手的纤巧的骨骼……看到我自己暗红的血的循环，我看到爱的关联和死的变化，我看到阿莱夫，从各个角度在阿莱夫中看到世界，在世界中再一次看到阿莱夫，在阿莱夫中看到世界，我看到我的脸和脏腑，看到你的脸，我觉得眩晕，我哭了，因为我亲眼看到了那个名字屡屡被人们盗用但无人正视的秘密的、假设的东西：难以理解的宇宙。”抱歉我有些激动，但我想表明，我在这些女人身上获得了一种超越死的激情，而这使我能够探讨更多抽象的问题，比如是否存在永生，我们的命运如何，世界的本体如何，时间如何流

1. 希伯来文字母中第一个字母，神秘哲学家们认为它意为“要学会说真话”。同名作品《阿莱夫》是博尔赫斯重要的短篇小说。

动，等等等等。我只是不曾同他人说起。

不过同样是近来，我也意识到我对母亲的反抗也是对父亲的屈从，我放弃了神圣之剑的庇护，却企图逃入另一棵大树之下，认识到这点之后，我冷静多了。现在我想你能理解你最初向我提的问题了。

本报记者：

您是指“什么是阻挡了你和乌尔里卡的格拉姆剑”这个问题吗？我不知自己是否可以把那个美丽的女子看成你对家庭使命的反抗，我想起您是这样描写乌尔里卡的：身材高挑轻盈，冰肌玉骨，眼睛浅灰色，气质恬静而神秘，婉顺的金色。你在小说中与她的散步可以看作反抗的过程，最后你们在客栈的楼上结合，“我们两人中间没有钢剑相隔”，是否就意味着反抗的成功？“地老天荒的爱情在幽暗中荡漾，我第一次也是最后一次占有了乌尔里卡肉体的形象”是一种悲哀吗？我发现您的作品大多悲观，可以谈谈您的认识吗？关于永生、命运、世界和时间，可以简要谈谈吗？

博尔赫斯：

关于乌尔里卡，我想我想表达的大致如此。关于创作的主题，还是同理。我多次爱情的失败促使我思考生命的意义和可能性，我的确曾设想，自己可能在另一个世界里与我的爱人重逢。如果说我写作的理念，或许可以这样概括：我认为人们总是在时间之河里跳跃、穿梭，其根本目的是想获得某种永恒，也就是说，我们的命运是向往永恒的。但是同时这个世界也是残酷的，我们往往在到达永恒之前就已自我消解，或者获得了永恒，又发现永恒令人疯狂。这难道还不够悲哀吗？那本已经被评论家肢解的小说《小径分岔的花园》便是如此。我首先介绍李德·哈特的《欧洲战争史》，再补充余准的证言，接下来写余准去艾伯特家的历程——下楼，到火车站，乘火车，在一个小村提前下车，走迷宫般的路途，到达艾伯特的寓所，聆听他的讲述……沿着线性的时间之河溯流而上，才能抵达无尽的时间之海，而在这一过程中，我们终将不复存在。《永生》也是同理，生命的一次性使得一切都有无法挽回、覆水难收的意味。与此相反，在永生者之间，每一个举动（以及每一个思想）都是在遥远的过去已经发生过的举动和思想的回声，或者是将在未来屡屡重复的举动和思想的准确的预兆。经过无数面镜子的反照，事物的映像不会消失。**任何事情不可能只发生一次，不可能令人惋惜地转瞬即逝。**对于永生者来说，没有挽歌式的、庄严隆重的东西。

还有一些例子，比如《沙之书》的那本书，《蓝虎》中的蓝色石头，都是差不多的意思，我不赘述了。

本报记者：

很多评论认为您与拉丁美洲的其他作家不同，比如马尔克斯关心社会现实，用魔幻的手段生动地刻画了真实。您认为的真实又是什么呢？有评论称您因为支持军方，反对庇隆而错失了诺贝尔奖，对此您怎么看？

博尔赫斯：

马尔克斯其实很精确，你们说的魔幻现实主义就是南美的现实。我更愿意通过虚构描摹现实，因为我认为，有时，梦境比精确更接近真实。关于阿根廷的政治，我想它在我所注视的几十年中已经受够了四分五裂。我并不认为军方善良或对百姓有利，但人民已经受够了庇隆的集权。极端的种族主义与集权都是邪恶的，我主张阿根廷形成一种城市的文化，或曰克里奥约主义，不同民族的人可以在布宜诺斯艾利斯的郊区获得启示，在探戈的乐声中求同存异。我的祖国应该向瑞士联邦学习，后者是和谐的楷模，不同种族、不同宗教信仰，还有说不同语言的人在一起求同存异。这就很好。

本报记者：

最后一个问题，我们每个人都要面临死亡，无可置疑，您是一位伟大的世界公民，人类精神的先行者，处在这样的人生节点，能否给我们这些后来者一些建议？

博尔赫斯：

感谢你没有问关于婚姻的问题。

不应恐惧。

对话海因里希·冯·克莱斯特

吴释然

0

约莫一刻钟，我才在一栋栋斜斜杵着的公寓楼里找到我要去的地方。扶手处的木头早就没了光泽，但在这样潮湿阴暗的角落里没有发霉长苔证明了它原先是块好木头。上楼时一个棕金色的高挑女郎从我身边掠过，身上有淡淡的香水味，面容恬静中带着一丝坚毅，步履匆匆，握着的那封信上用潦草的字迹署着克莱斯特。

看不清的门牌号，我敲响了门，大约三下后，一个男人开了门，没有寒暄，他只是侧身让出条道来。他身形挺拔，玄关处光线不佳，只映出一只鹰的剪影，我不由自主地正了正自己的衣领，握紧了手上的介绍信。

公寓很小，客厅处一眼就能望见的卧室，寝具整齐地摆放在床上，军绿色的床单没有一丝褶皱，厚重的窗帘被拉开，阳光下这房间整洁得仿若无人居住。

相反客厅却杂乱不堪，餐桌和书桌拼在一起，上面稿纸层层叠叠，墨迹都很新，飞扬的字符排列得相当规整，行距也近乎完美的复制。沙发在地板上拖行的声音有些刺耳，我在尘埃的起伏之后看到了那张我即将不断探寻的人的脸。

他伸出一只手，宽大，带有刀和枪留下的茧子，食指关节处厚重的触感又让我觉得亲切。我认真地回握，他点点头。

“海因里希·冯·克莱斯特。”

1

“《德意志新青年报》?”

克莱斯特仍然坐得笔直。沙发内芯用棉花填充，柔软，我感觉到我的半个屁股陷了进去。“是的，”我回答，有些不太自然地避开他过于直白的目光，“是您的朋友席勒先生让我过来给您做个访谈。您的新剧本不是要发表了吗？”

“是这样。”他把目光放回介绍信上。我长舒一口气坐直了背。“那么，我们开始吧？”

我点点头拿出本子和笔，对面的克莱斯特依旧正襟危坐。我们无言地对坐了一会儿，我感觉额头上有汗落下来，本子上记满了一堆问题，我却不知道要怎么问才好。我对克莱斯特知之甚少，他本人也并不出彩，在剧作家中算作沉默人，这次采访完全是出于席勒的要求，我近乎受罪般接下了这个任务。

他挑起一边眉毛，他与刚刚遇见的女人有着相同的发色，容貌与神情也相似，大抵是对我的沉默不甚耐烦了，克莱斯特张口欲问的表情愈发明显。

剑拔弩张的沉默突然瓦解了，在我的肚子不争气地叫了一声以后。克莱斯特脸上的不耐变得滑稽起来，他嗤笑一声，在我肚子叫了第二声以后，站起来去了厨房，空气的流动变得柔和，我羞愧地把整张脸埋到了本子里。

“《德意志新青年报》是席勒资助的，你们主编是给他面子才叫你来的。”厨房里刀叉的声音响了起来，他随意切了一些面包和菜放到餐桌上，我坐到餐桌边，他落座到对面的一沓稿纸之内。“请用。”他埋首前嘱咐道，“可以问我问题，这些稿子你也可以看，但是顺序不能打乱。”

他抽出一张与众不同的纸，是上好的羊皮纸，蘸水笔也换了一支木杆的，在日光下木纹清晰。他时写时停，停笔时目光凝结于字里行间，带着些柔情。

胃袋里落了些食物，我有了底气，“这是写给谁的信?”

他略微侧头思索了一下，模棱两可的回答，“一位小姐。”

“是未婚妻吗?”我追问道。

他眼中带着戏谑，“不对。”

“那是谁？介意讲讲吗?”

“是我姐姐，乌尔里克。在我曾为我们神圣的国家奋斗时，她一直是我的支持者。”说到这里他苦笑了一下，“我现在不过是个马上要丢掉工作的小职员罢了。她也为我申请了年金，让我好度日。我与她每月起码互通一次书信，若是可以，我会写得更多。她是我重要的亲人，我希望她能一直理解我，相信我。

“我不会只是个小职员，我的剧本们会为我带来荣耀，我已经把我写好的剧本寄给歌德了，我相信我的才华会得到赏识，就像席勒常鼓励我的那样。”

说到他的作品时一股偏执而闪耀的光从他眼中迸发出来，宛如铁锤击打赤红的烧铁，火星四溅。我一时间忘记咀嚼，连忙追问下去：“你将哪部剧本寄给了歌德?”

“《破瓮记》。”

“那部剧讲了些什么?”

“一出不属于亚当的夏娃的闹剧。”

他笑容玩味。边与我交谈，边让字符在他的笔尖弹跳出来，印在那张白纸上。

“你为什么要想着写这部剧呢?”

“当我在军营里为我们神圣的国家奉献我的青春岁

月时，我与一些底层的人共同生活。”“军营”这个词出现时他的目光黯淡了一瞬，但是在吐出“我们神圣的国家”和“我的青春岁月”时又燃烧起来，“我看着我们保护的那些农民在农田里耕种，婚丧嫁娶。对于他们来说，人生只有几次闪光点，也只有几件值得保存的物什。他们需要老老实实在既定的命运下过活才能活下去，但在明确这点的情况下，也常有人为了自己的欲望打破平和的生活，这些事情的过程通常都很滑稽有趣。我想记录下这些回忆。”

“为什么选择用亚当和夏娃作为男女主角的名字？”

“《圣经》是我们可以在农户那里借到的少数几本可以读一读的书之一。那些村民，他们时而虔诚，时而又是罪人，因此，用《圣经》中的人来指代他们就很合适。在原典里，夏娃是亚当的一根肋骨，在这里，亚当是夏娃的法官；原典中亚当和夏娃是神授意的男女，而在这里，夏娃是他人的未婚妻，亚当的占有不过是他的一己私欲；神没有饶过他，在伊甸园他听了蛇的诱惑咬下了苹果；在那个罪恶的日子，他打碎了夏娃祖传的瓮。

“亚当虽然是当地法官，但是对他的罪行他是无法在神和证据下否认的，夏娃和她的未婚夫也各怀心思。三个人心怀鬼胎相互碰撞，这些冲突下是人性的矛盾，旁人看起来多么的荒谬可笑，我的灵魂也为这些感觉到悲哀和喜悦，于是为错位的他们写了这部喜剧。”

我吃完了那顿便餐，简单地收拾了餐具。克莱斯特又和我坐回了沙发上。这次我问了他几个关于他个人爱好的问题，他说他会一些乐器，如果可以打猎他也很擅长，那个楼梯的扶手是他亲手做的，用一段别人在他做木匠时作为酬谢送来的木料。

在这些问题告一段落后，克莱斯特把双手抵在下巴上，闭上双眼。这是一个放松又集中的姿态，意在保持他个人思绪的稳定。天色有些暗了，他给她姐姐写的信件已经封好了蜡。我明白我不该再停留，道了谢便离开了，和那个女人一般匆匆。

2

专栏并不成功，审稿的编辑告诉我克莱斯特曾因为间谍罪获过狱，“我的神圣的祖国”不配出现在他的嘴里。马丁路德的新教最近在国内横行，有关《圣经》的解读会被有心人无限放大，我只得删减再删减。这遂了主编的心意，只给克莱斯特一个小小的方格子，宣传了即将上演的《破翁记》。

我带着样刊，又一次踏进克莱斯特的家门。在那次登门以后，克莱斯特的真实形象吸引了我，我深入地了解了他，这才发现同期他也创办了一本艺术杂志《菲布斯》，其中有两篇是他的连载。《彭忒西勒亚》和《伯爵夫人O》，都颇具争议。歌德，这个最让克莱斯特渴望被他认同的剧作家，公开批评了《彭忒西勒亚》，说这剧本是阴水沟里的黑暗和泥泞，还表示克莱斯特的才华中间夹杂了太多血腥、低俗和疯狂。《伯爵夫人O》更挑战世俗观念，引得普鲁士上层社会一片哗然，怎么会有在报纸上公布自己未婚先孕的小姐呢？

但这些风言风语不能影响到我对克莱斯特的欣赏，他眼里对文学的热爱、对祖国的热情都打动了我。他字里行间平白的叙述让现实真实地展现，他制造的矛盾又让其变得浪漫而扭曲。

我敲敲门，这次很快就开了，屋里一片漆黑，唯有书桌和窗台的中间点燃了一盏煤油灯。我听到他在哽咽，昏暗的灯光下，我看见他的脸上布满了泪痕。

“怎么了?”我方寸大乱，赶紧去找放在上衣口袋里的手绢，他摇摇头，一把攥住我的手，神情凄凉，最后缓缓地闭上了双眼。

“她死了。”

“谁？谁死了?”

“彭忒西勒亚，啊，她死了!”吐出这个名字，他嗓子嘶哑，字眼里仿佛带着血，“她死了！她去追阿喀琉斯了!”

说罢他脱力地倒在沙发上，痛苦地捂住自己的面庞，喃喃着那五个字，仿佛在念葬礼上的悼词。

我蹲在他旁边，声音极其轻地问他：“那么是谁杀了她呢?”

他把手放下来，空洞的眼神渐渐找回了焦距，“是谁呢?”

“‘我用我的悲伤和爱做原浆，然后再在绝望的铁案上反复敲打，打磨出一把闪闪发光的匕首，这样，那样。好了，现在我做好它了……’是她！是她自己，是她对阿喀琉斯的爱和绝望杀了她，她已经不再是亚马逊的女王彭忒西勒亚了，她遵循自己的心，用这些作心灵的匕首，自杀了。”

彭忒西勒亚啊，彭忒西勒亚。他又低低地重复着这五个字，转而挣开双臂呼号道，“彭忒西勒亚，你是我永恒的阴影与光辉啊!”

“所以到底是谁杀了她呢?”我把手绢再次递给他，面带笑意。他从创作与自我实现的狂热中脱出，接住了这方手绢，也缓缓露出了一个笑容来，“是我，是我杀了她。”

我把报纸放在餐桌上，压着报纸的是作为答谢带来的香肠，花了我半月工资。他瘦了不少，看到这份礼物明显心情不错。他对报道的不成功并没有过多的反应，他轻蔑地评价道:“是世人不理解我，这是常态。”

他的手稿数量比上次要少了很多，一旁的火盆里有纸头的余烬。他轻描淡写地说他把最近写的一部长剧本烧了，因为反响实在是太差，“我自己也觉得……写得不好。席勒抢了一些出来带走了”。说着他拿手细细抚摸着刚刚出炉的《彭忒西勒亚》的结尾，“虽然席勒很喜欢美丽的彭忒西勒亚，但是他也说过有些片段太过血腥，太过疯狂了。你觉得呢。”

厚重的窗帘下我说什么都显得无力，于是我保持沉默。

他把手稿装订好，待晚饭过后二校。我告诉他我即将转去万湖那边工作，他如打破我们第一次的沉默时那样站起身，冲我挑起了另一边的眉毛。被保养得很好的黑管从樱桃木柜里被取出来，他一边吹着，一边在地板上踏步，悠扬的乐声和柜门一起嘎吱作响，像是他摇摇晃晃的心灵。

尾声

万湖是著名的疗养胜地，我负责为当地报刊写一些优美的小文章宣传这里。《菲布斯》在克莱斯特的两部剧本连载结束后便停刊了，《破瓮记》反响低迷。我拿着他给我的票看完戏以后便离开了那座城，克莱斯特随着帷幕落下也渐渐地在我的心灵里远去了。

我饭后在万湖边散步，微凉的薄雾弥漫在青色的岸边和湖面上。我看到远处有一男一女在嬉戏，十分开心。那女人的歌声传过来，和上黑管厚重而灵动的伴奏，我不知道为什么，突然想起了那天克莱斯特为彭忒西勒亚流下的那一汪眼泪。

我走远了，一阵风吹来，雾散开，背后爆出声枪响。我猛然回头，那黑色人影与圣雅明各婚礼上的那个新郎重合，和情郎尸体旁拿起爱的彭忒西勒亚交融，他极快地扣下了扳机，一切话语和想象都戛然而止。

黑马

背包

邓瑞康

自王城查佩经过潺潺流向远方的河流被国民们称为圣骑士河 Paladin，象征着永久的守护。

这是个富饶美丽的王国，国王温厚慈祥，王后仁爱端庄。百姓爱戴着国王与王后，国王与王后也爱护百姓。唯一的缺憾在于他们的儿子，以河命名的帕拉丁王子。

流言自宫中的侍女传到王城中，再从王城传到乡野，人人都知道在王子的背上有着无法根治的疾病。有人说那是一块不断溃烂又长好的伤疤，令王子疼痛万分；有人说那是一双天使的翅膀，在人间无法打开；还有人说那是美杜莎之眼，凡是见到的全都将变成石像永久定格。

帕拉丁的背疾与流传的任何一种都不同，事实上，他的背上长着一个大包，在出生时只有巴掌大小，随着他年龄的增长，大包也渐渐长大，国王将他视为怪物关在房间里，派一个无法说话写字的奶妈照顾他衣食起居后就再也不管。他太过不愿承认这是自己的儿子，甚至开始怀疑王后的贞洁。王后却每天去探望帕拉丁，隔着门与他说说话聊聊天，对她来说这是自己身上掉下的肉，就算长得奇形怪状也得爱他。

帕拉丁背上的东西，在乡野城邦中热切讨论过一阵后，也就不再有人关心了。人人都有更重要的事情，比如市场的小青菜是不是要涨价三厘，今年Paladin河还涨潮吗？人们渐渐忘却城堡里除了国王王后还住着一位王子，帕拉丁也就在这样的忽视中渐渐成长了起来。二十年过去了，国王已步入晚年，却依旧只有帕拉丁一个儿子，他不得不开始正视这个儿子。

帕拉丁在失去正常社交途径的情况下，只能不断地阅读宫殿中的藏书，这让他变得非常智慧。这是他记事后第一次见到自己的父亲，他渴望好好地表现一番，并努力将大包藏在身后却没能成功。国王看着背过身去的儿子，想要绕过去看他的正脸，那个巨大的包却开始发出声响："父亲……我真想念您啊……"他所听到的声音与他悄悄偷听王后与帕拉丁说话时听到的声音如出一辙，却并不来自他以为的身体，而是来自那个"大包"上他从未注意过的像脸一样的东西。

国王惊愕极了，但他努力平复自己的心情，重新看向自己的儿子，"帕拉丁，你能……"他艰难地往下说，"你能控制自己背上的东西吗？"

帕拉丁做出一个微笑，这对他的脸来说是个很艰难的表情，他练习了很久。"当然，爸爸，我能简单控制一点儿。"国王看着那副身躯缓缓站起来，他绕到身躯正面，那张面孔正是他日思夜想中理想孩子的样子。随着帕拉丁努力的控制，那张像睡着般的继承了国王王后外貌优点的天使面容上也绽放出一个笑容。国王后退两步，眼前的这一切比最沉重的梦魇更可怖，比最两难的抉择更艰难。

他落荒而逃。只留下帕拉丁在原地，笑容僵硬。

在那之后，国王广召天下能人志士，凡是能医治好王子使他正常的人可以在国王的宝库中任意挑选三件宝物，但没能成功的人就要将性命留在王宫里。在这样丰厚的奖赏的诱惑下，一列列宣称自己能治好王子的人进入王宫中，但一个人都没能走出来。

帕拉丁第一次见到这么多人，他们对他不感兴趣，却啧啧称奇地盯着他背上的大包，现在这个包已经长得比他还要大一些了。在国王的凝视下，这些号称自己有办法治好王子的人把各式各样的药水、咒语撒在帕拉丁身上，但除了疼痛，什么也没有发生。于是国王的脾气一天天暴躁起来，王后则依旧每天隔着门去安慰自己的儿子。

进入王宫的人一天天减少着，现在的流言趋向是王子背上长着吃人的野兽，野兽永不满足，进入王宫的人都已经填入野兽腹中。

这一天，一个全身披着黑纱的巫者走入了王宫，在见到帕拉丁后，他的眼神放出亮光。他恭敬地告诉国王，“王子殿下身上长的是可怕的肉瘤。”他自腰间解下一柄利剑，“只有将其割下才能使王子恢复健康。”

帕拉丁惊惧地叫起来，“父亲，请不要相信他。这就是我身体的一部分啊!”

国王垂下眼，没有说话。王后在门外欣喜地叫嚷起来，“帕拉丁，听妈妈的话，割下来之后你的病就好了!”

随着帕拉丁绝望的嘶吼，他与背上人形的大包被完全分离开来。与人的躯壳一般无二的大包像是睡着一般躺在地上，而那块肉则被穿着黑纱的巫者珍惜地捧在怀里。

就在人们准备好了看巫者有去无回时，他披着黑纱施施然走出了王宫，身后跟着欣喜万分的国王。

国王向聚集的民众宣布，自己的儿子已经被医治完毕，将在三天后与民众见面，而披着黑纱的巫者拒绝接受任何报酬。王子在三天后穿着笔挺的衣服骑马绕城游行，完全看不出有任何异于常人的地方，他的出众外貌与得体举止很快赢得了民众的喜爱。谁在乎他有没有灵魂呢?

至于那块肉呢?他们在宴会上吃掉了它，并且非常美味。

这就是这个富饶王国最后一代国王的故事。

原本有个惊喜

黄高鸣

一

我可以把颜值转化为筹码，这是我从隔壁老傅那学来的手艺。

老傅做的是把寿命买进卖出的活，我虽然也把他这一手学了个半斤八两，却怕抢人生意坏了邻里感情，所以转行成了个颜值贩子。

虽然一个大男人开美容院说起来总有些娘不唧唧的，但对我可以说是最合适的门面活了。我把低价收来的颜值做成白玉般的筹码，磨成粉，掺进廉价的护肤品里，再装进分装瓶，就成了独家的美容秘方，高价卖出仍广受好评。

老傅常说我这么赚钱黑得可以，其实那些被大化妆品厂家捧起来的颜值贩子才抢得一手金饭碗。大牌厂家负责招揽货源，把颜值筹码加工进化妆品里；贩子则只要从送上门来的货源身上抽点颜值加工成筹码，就能坐收巨额财款。商家和贩子早就成了产业链，比我这种个体户好过多了。

至于那些小厂家，往往没那个资本请颜值贩子来，便装模作样地加些甘油凡士林，做成没有颜值成分的所谓平价护肤品，糊弄糊弄小女生。

老傅比我活得稍久些，因而在他一副看破红尘的样子的时候，我仍对两样东西着迷不已：钱和姑娘们，好看的姑娘们。

二

我的货源相当不固定，姑娘或是老太婆们往往说好了卖一万块钱的颜值，一出门就对着镜子左看右看哗哗地流眼泪，又折返回来死乞白赖地讨回一些颜值，或是过几日资金宽裕了些，便到我这里再把颜值赎回去。长久以来，我的颜值筹码总是拮据得很，于是我的“秘方”便变本加厉地加起了价，库存清仓成了常有的事。

如此一来，我便对我唯一的几位货源熟客越发友善了起来。原本只能卖一万的颜值，我往往也愿意放宽些许，多给个十块钱。来得最勤而且从不讨价还价的，就是薛娘了。

薛娘初来时看不出已经是四十多岁的人了，皮肤雪白，还文了眉。只可惜两眼间距窄了些，看起来就有些促狭，但仍是个美人。

薛娘第一次来当货源时口气大得很，开口便问：

“你看我这颜值，最多能卖多少钱？”

我瞥了她一眼，谨慎地开了个价：

“十五万吧。”

薛娘的眉毛一下子就皱起来了，显得整张脸越发精明起来：

“才十五万？”

虽然这价格是比平时低了些，但我更见不得女人这副不屑的模样，声音高了起来：

“不是缺钱会来我这卖颜值？看不上这十五万就去做隔壁老傅的生意吧！”

薛娘的眉眼一下子就耷拉下来了：

“那就十五万吧。”

薛娘的颜值在我的货源里算是比较优质的了。过了一会，铺着红绒布的盘子里就码好了整整齐齐的一排颜值筹码，雪雪白地散发出荧光，照得对面的薛娘面色越发灰暗起来。

薛娘从兜里掏出一面小化妆镜，我便赶紧把盘子端起来塞进保险柜里，生怕薛娘又和其他货源一样讨回颜值。

薛娘摸着自己萎缩下去的脸颊和高高鼓起的颧骨，向我转过身来。深陷的眼窝中，两道急切的目光激得我如芒在背。我问她：“支付宝还是现金？”

薛娘不说话，移开了目光，直直地盯着玻璃柜里的钞票。于是我拎出两打钞票，砸在薛娘面前：

“要塑料袋不？透明的一块钱，不透明的五块钱。”

三

我遇到了一个很好看的姑娘。

送走薛娘我心情着实不错，廉价又优质的颜值货源实在是可遇不可求，那一盘颜值筹码够我好吃好喝一阵子了。我估摸了一下库存，起身前往三公里外的屈臣氏进货。

那个很好看的姑娘就伫立在柜台后面，混杂在几个大妈中间，显得越发耀眼。

我说过，我平生最爱钱和姑娘，好看的姑娘。

于是我第一次没有驱逐导购，而是笑眯眯地冲那个姑娘说：

“你真好看。”

我最看不起那些所谓的撩妹把戏，那些都是没颜值的汉子耍的花腔。

于是那个姑娘遂我愿地红了脸，把手里的洗面奶捏来捏去的：“我认识你，你就是那个特别有名的美容院经理。”

你不按套路出牌。

于是我攥住她的手靠近她："我店里新到了一批还没上架的美容精华，要不要来尝尝鲜？"她飞也似的挣脱我的手，向店长请了假。

你看，这样的姑娘，就是这么好约。

四

我带小婷回了店里，可是我没有什么新到的美容精华给她用，便拿出了快用完的旧货，给她在脸上敷了厚厚一层。

小婷起初有些失望，可当她抹掉脸上的护肤品后，惊喜得整个人都恨不得扑到我身上："阿仔，这效果怎么这么好啊！"

"那肯定是你之前来得少了。"我就势后退，握着她的腰。

"阿妈连我的学费都供不起，哪里会让我来美容院！"

我看着她白嫩的脸，黑亮的眼睛就这样无邪地盯着我，只觉一股冲动涌上来。

“你真好看，”我把一个吻留在她仍带着护肤品香气的嘴角，“不要浪费了。”

小婷的脸又红了起来，却没有推开我。

五

我不知道是不是我那一次的吻给小婷开了一个不好的头。

总之，我再一次看到她的时候是在老傅的车上。小婷确实听了我的话，积极地利用起了她的颜值。

老傅把车停在了便利店门口，估计是去买烟了。小婷就坐在副驾驶座上，对着下翻的镜子补着妆。我看着自己手上两塑料袋的护肤品，一时间感觉自己像个屌丝。

我把塑料袋偷偷摆在电线杆子边，三步并作两步地跑向老傅的车。

小婷显然也看到我了，咯咯笑着从车窗里伸出一只雪白的手，朝我挥了挥。

我倚在车门上，小婷仍像之前那样无邪地仰头看着我：

“阿仔哥，现在我可有钱了，过两天就去你那店里再做一次全套面部护理！”

“到时候给你打对折。”我不以为然地笑起来，弯下身来要吻她。

“不，”小婷笑嘻嘻地按住了我的头，“握一次手三百块。”

六

小婷终于出现在了我的床上。

不着脂粉的小婷依旧美貌不减，我从背后搂住作势要逃跑的她。

“哎呀！”小婷侧过了一点身子，打了我一下，“别捣乱！”

我被这一巴掌打得心花怒放，放开了小婷：“好好，都依你。”

小婷并不坐起身来，而是伸长了胳膊，够到了床头柜上的日历，把日历往我脸上一砸。

我心领神会："明天情人节——我的小情人只有你，等着我给你准备惊喜吧！"

小婷咯咯地笑作一团，缩起赤裸的身子来往我怀里钻去。

七

我是一个说到做到的男人，情人节不能给自己的女人一个大大的惊喜，和咸鱼有什么区别！

我觉得老傅对我抢了他的姘头这件事并不当真，于是我便觍着个脸，进了他的房间。

"老傅老傅，给根烟呗。"

老傅正冲着阳面，在窗台上晒着他的宝贝烟丝。和我的白玉筹码不一样，老傅爱把寿命筹码做成烟丝卷。

老傅把烟丝摊平了又拢起来："这些都有下家了，你等着新货源吧。"

我明摆着的是不信，知道老傅这行生意的人不多，老傅收了货源又找不到下家的事情常有发生，"老傅，不就一个姑娘吗？咱们都多少年交情了。"

老傅快手快脚地把他的宝贝烟丝全收起来了，像是怕我要冲上去抢他似的："说好了十点有个货源来的，就这一会了。"

我正打算在老傅屋子里耗到他给我根烟，门铃却响起来了，小婷像是被惊到似的，裹着被子冲进了房间："有人来了！"

我连忙抱住她，小婷便依偎在我怀里，我笑起来："怕什么，是老傅的货源来了。"

小婷早已知道了我的颜值生意，对于"货源"也是熟悉得很，便放松了下来："啊呀，老傅也是颜值贩子？"

我把她的被子往上提了提，用脚踢了一下老傅，让他去开门："老傅可是个人命贩子，专做寿命生意。"

待老傅走出了门，我才偷偷凑到小婷耳边说："老傅的烟，抽一根可就是益寿十年。想不想要？"

小婷只是咯咯地笑着，聪明地不说话。

我便装作惋惜的样子叹气："哎呀！说好了惊喜，怎么说出来了呢？"

小婷笑得更欢了。

我听见老傅关上了门，领着他的货源走近了：“打算卖多少年寿命？”

“要不，先卖十年吧……”

那是个中年女人的声音。我一下子皱起了眉头，为这有些熟悉的声音感到不安。

小婷很会察言观色，像块橡皮糖似的黏在我身上：“阿仔，咱不用回避一下吗？”

我还没来得及琢磨，老傅已经打开了门，引着那个女人走进了房间。

薛娘走了进来。

即使她丑成了这样，我仍然能一眼认出她。小婷有些吃惊地盯着薛娘，眼神里带着犹疑。

“薛娘？还真来做老傅的生意了？”我打趣道。

薛娘不理会我，深凹的双眼紧紧地盯着小婷，两道浑浊的泪水顺着皱纹流下：“小婷？你怎么在这里？”

小婷号哭着冲向薛娘，捧着薛娘的脸：“妈！你怎么会来当货源！”

薛娘像是支撑不住似的，渐渐跪了下去，小婷也手足无措地坐了下来，母女俩脸贴着脸，眼泪混合着流淌下来。

“妈不是……把学费凑给你了吗……”

小婷的脸迅速地凹陷下去，大块大块雪白的筹码从她捧着母亲的脸的双手中坠落下来，像火一样冷冷地燃烧起来，成为无规则形状的渣滓。

警察向小偷敬了个礼

张馨匀

一

你朝对方敬了个礼。

你伸出保养良好的手，上面没有老茧没有伤口，脉络微不可见，像是死人的手一样。你伸了出来。你的手臂上半部分微微下垂，夹角大概是三十二度，你的手臂下半部分和你的上半部分的角度是一百二十度，你们不能互补。

真是该死。你暗暗骂了一句。

你握住了对方的手。你的手掌心感受到对方的体温，开始发热，因为热量总是从高的地方传到低的地方。你发现对方的中指关节处有个老茧，你的手背微微感到刺痛，因为对方的大拇指的指甲长到你不可想象，它直接戳进了你的皮肤里，带起了一些角质。

你继续骂了一句脏话。

“谢谢你提供情报和协助我们的调查工作……”你的嘴巴自觉地开口，在你的肾上腺激素分泌过多之前想要挽回一些，“我代表人民，代表警察，向你……”

向你致以诚挚的谢意，向你表达我们的感情。你的嘴巴不自觉地停了下来。

嘿朋友，我现在需要冷静一下，别管他了，一拳打上去吧。你的嘴巴这么叫嚷着，你的下丘脑——或者是小脑，可能是其他器官部位赶紧劝它冷静一下。

你伸出了手。

掌声从你的耳道传到了耳蜗，然后进行转码二次转码到了你的大脑。你勾起一丝微笑，你不知道你的表情是否自然，至少你知道你的右嘴角不开心。

你用力握了握，甩了甩，居然真的甩掉了。

你赶紧立正。你赶紧举起你的右手。

你飞快地忘记了之前的角度计算和不能互补的假

命题。

你敬了个礼。

你要记得你是人们的好朋友，你对面的小偷的死对头，你是一名警察，你应该有一种优越感，即使这样，你还是要带着高高在上的感觉朝对方敬礼。

你要知道对方肯定认不出他告发的人就在他眼前。

你要相信他看不出你的嘲笑和害怕。

二

我把机车的火花塞给拔掉，这样下一个开它的人肯定会直接跌下来，在这里和一堆破铜烂铁做伴。

好极了，这样我再把它高价卖给车行，然后攒起来买部车——没有火花塞的那种。

反正我这里有的是火花塞。

反正我偷的东西也不算少了，反正也没人觉得我是对的。

不，我觉得我做的是对的。

我迫于生计，为了努力达到你们的最低生活标准要死要活，但你们还嫌我拉低了道德底线。

你们垃圾，你们可耻，你们向金钱喝彩，你们把嫌弃的道德强行加在我的头上。

你们是一群抢劫犯，你们绑架了我的道德，你们让我每天带着枷板过日子。你们还在唱歌跳舞，你们还在继续种族优越。

你们还管我叫小偷。

耶伦咯万这座城市是黑色的，每个上课的，不管是老师还是教授，都这么信誓旦旦地说着。

那它应该叫做布拉才克。

我的中指上的那个老茧告诉我：别听他们瞎胡扯，伙计，这里是耶伦咯万。

所以，我知道是谁谋杀了教堂里的黑色圣母像，我还知道他怎么悄悄撬开了大门，打开了一条小缝钻进去。

我还知道他把万事可乐和梅子味苏打和木屑混在一起，还有发蜡和少量钢琴线，制成了万能炸弹。他在每个角落都放了一点，然后连上了电线，一直连到了郊外的工厂里。

然后按下了电灯开关。

接着就是“bang”的一声。什么种族优越感，什么居高临下什么阶级局限性，全部变成了一堆只会在地上蠕动的蛆虫。

好极了哥们，我真想拥抱你一下。

但我懒得和你为伍，像是蝼蚁、可回收的垃圾的我还想往上爬。

我打算去告发你。

我站在礼堂上，看着对面警察朝我敬礼。

我开始变得不知所措。

三

如果想要爬到更加高的上面，就要把上面的人给拽下来。与之相似的，我们可以推断出，如果想要爬上神坛，就应该把原来的神给杀死。

就像拍死一只在秋天出没的蚊子那样简单果断。

更热恩警长清清嗓子，他像是经历了几个夏天，热得汗水不断从他脸颊上流下。他的官方解释是假发太过闷热。

更热恩拿手帕擦了擦汗。他刚刚自导自演了一出戏。他感到没来由的疲惫，这种感觉比他在酒吧喝酒到凌晨，醒来后回想自己昨天干了什么还累。

他开口说话。

“伙计们，昨天有一座教堂发生了爆炸，受害者是一座圣母像。”

没人说话，一名虔诚的教徒下属甚至捂住了嘴巴假装在哭泣。

“黑色的。”

怀特先生嗤笑一声。

“我们现在需要组成专案组来调查这一起案件。”他的嘴角翘起，弯成一个诡异的角度，“先生们，不要向民众们透露更多的细节了。他们需要的只是一个象征物来给自己的祈祷和听天由命一个借口而已。”

他的秘书在笔记本上涂涂改改。他很满意地继续说了下去。

“接下来……”

“警长。”有人敲了敲门，“有一位先生请求见你。”

“他有什么事情吗？”

“他说他知道昨天爆炸案的细节。”

怀特翻了个白眼，他大概是升官无望了。

更热恩不自觉地攥紧了手帕。他再一次清了清嗓子。他要抑制住自己的颤抖，他要防止自己的手枪自己跑出来，然后一击直接爆了对方的脑袋。

有只蚊子叮了他的右手手臂和左手手腕部分，他挠了挠，并且理所当然地转移了过错。

“让他进来。”

他的脚踝也开始发痒了。

后来他坐在观众席上，看着凶手朝好心的小偷敬了个礼。

他也站了起来——他身后的人都站了起来，他们一起朝他敬礼。

现在我还是高人一等的。他暗暗发笑。

在明天到来之前，现在，以后，也都会是这样，永远都会是这样。

四

“我们现在需要组成专案组来调查这一起案件。”他的嘴角翘起，弯成一个诡异的角度，“先生们，不要向民众们透露更多的细节了。他们需要的只是一个象征物来给自己的祈祷和听天由命一个借口而已。”更热恩这么说着的时候，布朗在本子上涂涂改改。

明天把警长的雕像摆在原先圣母像的位置，不要放反了。他记下了一笔。

他得知道怎样察言观色，不然下一个炸死的会是他。

“但是改朝换代的时候到了。”他拎着公文包登上了巴士。他戴着耳机，整个人无意识地晃动着。

他要回去整理今天的开会报告，然后在演讲台上打好小抄，在舞台上贴好红点，防止他的白痴上司直接从幕后走到幕前，然后直直走到舞台边缘，然后摔下去。

“你要知道你是想去改变世界还是毁灭世界。”他的眼珠转了转，他应该活下去。

活下去。

“你往左走，往左走，你看到炸弹就把自己给炸掉。”他可是神，他和这群混蛋不一样。

打个比方，他应该是警察，只有他有权利朝别人敬礼，假装谦逊地待人处事，毕竟自己是最高位的。

他一把扯掉耳机。他感觉自己是不是忘记了什么。

但实际上，他设置好了定时炸弹，预计会在后天爆炸。

对，他要去买辆代步工具。

他在表彰大会开始之后走出了礼堂。

他若无其事地朝礼堂方向敬了个礼。

他坐在破铜烂铁当中，听着一声高过一声的轰鸣声。他似乎还闻到了一点腥味，一丝丝甜地化在空气里。

我们都死了，我们早已经失去了作为人的权利。我们有罪，我们向你致意，然后我们坠入海底。

我们早已死了。很早很早以前。

投稿

到云朵上面去

盈余

许多年前，我曾做过一件傻事，它现在依然能够浮现在我的跟前。不过从那以后，我再也没做过那种事情。当然，若是再有机会，我定会再做一次那样的傻事。

那就是到云朵上面去。

如果被旁人看到，或许认为这里面会有什么隐喻可言。但是实际上很直白，就是字面意思——到云朵上面去。清清楚楚，再怎么睁大眼睛，你也不会看到各种隐喻。那是很干脆、很纯粹且简单的想法。

最初有这个想法，是在实施这件事的前一年夏天。那年夏天，我和一个朋友在公园里无所事事，看各类宠物狗在草地上打闹，闲暇时间彼此打趣。

天气意外的炽热，天上漂浮着各种各样白色的云朵，我们坐在路旁的石凳上吃着已经融化大半的雪糕。

“喂，我说，我们能不能到云朵上面去。”我抬起头，指了指漂浮的云朵。

“什么?”同伴张开嘴，似乎有些吃惊。

“就是字面意思，到云朵上面去。”我解释道。

“理论上……是不可行的吧……物理知识怎么解释也说不通。”他拖拖拉拉地讲。

“阿姆斯特朗不是登过月球吗，云朵怎么不可以登上去?”我反问道。

“那个是可以解释的，云朵怎么说也不可能。”他比划道，似乎是想和我说明月亮与云朵的区别。

“再说，又没有人登过云朵，谁知道呢?”

同伴被我反问得说不出话，憋得满脸通红。“那……不可能……根本不可能的。”

“一试便知。”我说。

那天晚上我一直在考虑这件事情。倘若要到云朵上面去，首先要准备够长、够坚韧的绳子，并且要尽量选择低空又巨大的云朵。自己要爬的话，体力必须要够充沛，因为没有半天工夫是爬不上去的。何况，如果体力不支掉下来，那就有够惨的了。我想最好找到一把可以发射的绳索枪，让它把我拉上去。

好天气也是必不可少的，如果在夏天这个时候爬上去，就算没有雨，上面也没有能遮阴的地方，估计热得很。秋季的话，冷而潮湿、风雨不定，我被淋个全身湿透，感冒可就不太好了。最好是在春季的末尾前期，那时候雨不怎么下，天气也还不错。

没错！就那个时候了。我这么下定决心。

往后的日子，我一直在为这件事做准备。我到处去询问结实的登山绳，在这方面我是不惜价钱的。只论结实的话，商店里就可以买到，但如果要买那么长的绳子，几乎是买不到的。还好，最后我找到了与这类工厂有联系的同学。我从电话簿里翻到他的名字后，便立即打了过去。

“喂，是潜水艇？（高中时的外号）”

对方大概在电话愣了几刻，然后回答：“高中时的同学？”

“我是多木。”

“好久不见了，有什么事吗?”潜水艇说。

“有件事我想约你出来聊一聊。事关重大，拜托了。”我恳求道。

“那好吧，不过要等到我下班。”

“几点下班?”

“晚上6：30。”他回答。

“那就7点在万达的那家西餐厅。”

“好的。”

晚上6：30，我先他一步过去。餐厅里的人并不多，可能是因为夏季的缘故，大家都不愿意出来。我选了靠窗的位置，点了杯咖啡后，一个人在那等他。

不久后，我瞧见一个西装男在餐厅门口四顾。他戴着方框眼镜，胳膊里夹着公文包，体形微胖，宛如一只老鼠。黑色的西装被捋得笔直，似乎一点皱痕都没有。

“喂，潜水艇。”我朝那喊了一声。这下可好了，不仅他反应过来，餐厅廖廖无几的人也朝这看过来。

他的脸有些红，赶紧踱步过来。“多木，何必叫那么大声?”

“不是怕你听不到嘛!”

“你还是老样子。好吧，好吧!”他坐在我的对面，解开了西装上的一颗扣子，然后捋了捋衣服。

“你瘦了许多吗，看上去蛮不错的。”我打量他。

“自然，一直在减肥来着。”潜水艇回答。

“吃点什么，我请客。”

潜水艇思考一番说道，“意大利面吧，随便就好。”

“喝的?”

“白葡萄酒吧。”潜水艇依然随意地说。

“好的。”之后我叫来服务员，点了两份招牌意大利面与一瓶中等档次的白葡萄酒。话说，这里的东西可真是贵得可怕。不过为了到云朵上面去，一切都是值得的。

“找我什么事?”潜水艇若无其事地敲了敲桌子。

“听说你和生产绳子的厂家有联系，我想拜托你联系一下。”

“哦，这个，是之前公司有这方面的业务，所以认识了。登山绳那种?”

“是的。”

“大概要多少，少了我也不太好说。”

“只要一条。”我说。

“只要一条?”潜水艇张大嘴巴，眼睛里露出不耐烦，“那何苦嘛，随便一家商店都有卖吧!”

“但是很长，大概要一千五百米。”

“那么长!”潜水艇仍旧张大嘴巴。“你想要干什么?”

“到云朵上去。”

“什么?”他不敢相信。

“就是到云朵上面去。”我一字一顿地说。

“真是一个疯子!”他嘟囔着说，“我可以帮你介绍，但之后发生任何事可都与我没关系了。”

“这个自然。”

不久后，我与生产登山绳的厂家签了合同，他们也在两个月后如期将一千五百米的登山绳运到了我的院子里。

接下来缺少的是一把大一些的射绳枪，它必须能承受我的重量，就像蝙蝠侠用那个一样。没想到这个倒好找一些，不久后，我在网上了解到一位退休的船长拥有一艘还算大型的船只，船上有好几支这样的小型射绳枪，因为基本上没有人买，价格还算合适，我花一些钱买下了几支。

收到货物后发现，它们并没有我想的那般泛旧。船长保养得很好，看上去就像新的一样。

整个冬天，我几乎没有出门，一直在家中给它们改装动力装置以及加上推进器。因为是试验，我失败了几次，最后只诞生了三个成品。只论成果的话，还是很不错的。

之后不久，我又去登山店买了一些护具装备，以防万一真的掉落下来。接下来就是等待一个好天气了。对我而言，这可真难等。自己迫不及待，但春天的雨又下个不停。

我每天都会看天气预报，以便了解外面的天气、风向与风力。终于，在草木都长得差不多的时候，天气渐晴。

大概是一个周六，天气格外的晴，风也不大，天上漂浮着各种各式的云朵。我将所有的装备拿到院子里，把绳子牢牢捆在射绳枪的锚上，之后把绳子绕院子环起来摆好。

早上十点多钟，有一朵特别大的白色蓬松的云朵从南方慢慢飘过来。我通过射绳枪的瞄准镜估计它将要到达的位置。我闭起眼，深吸一口气后，便发射了推进器。

绳锚忽地冲出了枪口，朝白色云朵飞驶而去。绳子也随它腾空而起，像鲸鱼喷出的水浪一般。十几秒过后，我大概击中了云朵，绳子已上升得很缓慢，它顺着云朵缓缓地向北面移动，留在地面的部分大概还有一百米左右。我用力向下拉了拉，绳子极其牢固，即便是我跳上去猛地下坠，估计也不会下落丝毫。

从我这个位置向上望，绳子看上去仿佛是去天堂的阶梯。我迫不及待地将射绳枪捆到我背上的装置上，确认一切无误后，便打开收缩装置，射绳枪带着我开始缓缓地向上空而去。

当我离开屋檐五六米的时候，我看到我的朋友正在向我家走来，于是我大声喊他。他茫然地抬头向上看，看到我后，他一下子张大了嘴巴，指着我说不出话来。看到他那个样子，我不得不撇开嘴发笑起来。

上升的速度要比发射绳锚的速度慢，一个小时后我到达了云朵上面。

我解开身上的装置后，一下子就扑在大云朵里滚来滚去。它看上去像棉花一样，但是实际上很有弹性，也足够蓬松。我躺在上面像跌倒在一只巨大的毛绒兔子的怀里。

风吹得足够舒服，阳光也恰到好处。有时一些碎碎的云朵随风扑到我的脸上，让我感觉很凉爽。若是我揪一些塞到嘴巴里，就像吞咽一大块棉花糖，只是没有一点味道。

真遗憾我的同伴没有随我一起上来，我只能自己感受这些，若是有下一次一定要带着他。不过只有自己也不一定是坏处，我一个人可以尽情地享受这一大块白云朵。想到这个，我就再次钻入云朵里。

我就这么着在云朵上玩了一整天，看各种各样的风景。我可是第一个到达云朵上的人。我也可以说——这是我的一小步，却是人类的一大步。

黄昏到来之后，我从云朵上看完落日后就下去了。

你猜怎么着，我下来的时候已经到了另一个城市。

这一切真是不可思议，简直不像真的，但我还偏偏经历了。

倘若有人问我干过什么自豪的事情，我一定挺起胸膛告诉他：到云朵上面去！

恋人扭蛋机

程君霓

01

我将金币投入扭蛋机，转动开关，清脆的哐当一声后，我的新恋人从下方出口跌落下来。

站在我身边的女孩蕾亚飞扑上前，捡起了那圆形的胶囊。

她失望地垮下肩膀，向我宣布：“又是三星的扭蛋。”

我向蕾亚扯出了一个苦笑，无奈地耸肩：“别打开了，直接卖了吧。”

于是，我的新恋人甚至还来不及和我见上一面，就被重新投入了黑暗的扭蛋机。

02

一年前，市里忽然流行起一种名为“恋人扭蛋”的扭蛋自动售卖机。乍一看，这机器除了粉红的涂漆，其他和普通的扭蛋机并无两样。但是，它售卖的扭蛋里放着的却不是玩具，而是被赋予了思想和感情、可以与你谈恋爱的人造人。不同的女人被分门别类地装在扭蛋中，按其制作成本划定了星级。一星最次，六星最优。

扭蛋机刚上市时，同事小A图一时新鲜买下了一枚扭蛋，未曾想竟一发抽中了五星的女友。从那之后，每一天都能看见那金发碧眼、风情万种的女人挽着他的胳膊在办公大楼里进进出出。

小A的好运让整个办公室都蠢蠢欲动了起来。我也忍痛换了一枚价值我半个月工资的扭蛋金币，转出了一颗属于我的扭蛋——然而，却只有二星。

回到家，我打开扭蛋。在一道蓝色的强光后，一个女人的身影出现在了眼前。

而我几乎是在看清她脸的一瞬间反了悔。

我迅速地重新旋开扭蛋，又一道红色的强光，那女人回到了黑暗的胶囊中。

一分星级一分货，扭蛋诚不欺我也!

虽然恋人扭蛋机有回收扭蛋的功能，但用户得到的补偿却只有金币原价的百分之一。第一次吃了大亏的我愤恨地发誓再也不碰这该死的扭蛋机，三天后却又经不住同事们五星女友的诱惑，又一次站到了恋人扭蛋机前。

这一次，掉落的是三星。

相貌不再似二星那么丑陋，只是怎么瞧都有些别扭。这位三星的小姐永远都皱着眉头，摆出一副不悦的神情。在同她相处了一个星期后，我终于还是忍受不了，将她送回到了扭蛋机中。

三星的女人坏，二星的女人丑，一星的女人，大概是又坏又丑。

几个月的时间里，随着扭蛋恋人的火热，街道旁的扭蛋机越来越多，甚至还推出了男性版扭蛋。身边的小A换了一个又一个五星女友，而我却仍然每个月都在碰运气，像个倒霉的赌徒，倾尽了全部家产，得到的却总是失望。

每次在走廊里遇到我，佳人在侧的小A都会向我挤眉弄眼地笑：“哟，这个月出的是一星、两星还是三星啊？”

无言反驳的我只能朝他露出一个凶恶的眼神，然后夹着尾巴离开。

03

在那段最困难的时期，我遇到了蕾亚。

蕾亚是我得到的第一个四星女友。她身材娇小，相貌只能算是清秀，但是却足够听话、乖巧、可爱。在将她从扭蛋里释放出来的一瞬间，我长舒了一口气，以为自己赌徒一般转动扭蛋的日子终于走到了尽头。

可是，蕾亚自己却不这么想。她眨着可爱的大眼睛，伸手抚摸我长满胡茬的脸庞，认真地说：“你真英俊，适合一个六星的女朋友。”

我苦笑，向她解释了自己的坏手气。我连五星的女友都抽不到，何谈概率不到千分之一的六星女友。

然而，蕾亚却握住了我的手，她的手小而温暖：“我会陪着你，一直到你遇到她的那一天。”蕾亚扬起小脸，眼中写满真诚。

内心有什么电光火石般闪过，我承认，我在那一刻坠入了爱河。

04

从那天起，蕾亚便与我形影不离。

我仍每个月去转扭蛋，但是身边总带着蕾亚。我抽到过一星、二星、三星，更抽到过一次五星。但是，我毫不犹豫地将五星扔进了回收口。

蕾亚目睹了我的这一举动，难以置信地睁大了眼睛。她还来不及阻止，扭蛋已经哐当一声，落到了机器的底部。

“你在干什么啊？”这是我第一次见到蕾亚生气。她蹙起眉头，用几乎哭出来的语气指责我，“你应该扔掉的是我，而不是她！那可是五星的扭蛋啊！”

然而，我却一点都不觉得可惜。

“你说过的，只有六星的女人才能与我相配，而五星的女人，一定不及我的蕾亚。”

我说罢，朝她露齿而笑。

蕾亚怔忡一秒后，哇的一声哭倒在我怀里，嘴中还不停地嘟囔着“回到扭蛋机里的人应该是我”。

我想，这大概便是喜极而泣吧。

小A曾经高声嘲讽过我的蕾亚：“这就是你辛苦扭到的四星女友？也太寒酸了吧！”说罢，他身旁美丽的混血儿发出了银铃般的笑声。

但是我却不屑，我一点都不在意。

他不知道我的蕾亚有多好，他们什么都不懂。

05

在我的城市里，没有人见过真的六星女友，因为她们实在是太过稀少，全世界大概也不过寥寥几个。

“蕾亚，你见过六星的女人吗？”

“当然。她叫丝特拉，我还在扭蛋机里的时候，天天和她在一起。”

“噢，她很漂亮？”

“非常漂亮，性格也好。”

“比你更好？”我不信。

蕾亚抬头看着我的眼睛，露出了腼腆的笑容。

“当然比我更好，我可只有四颗星啊。”

“这星级难道还和性格挂钩吗？我就觉得你比那些五星的女人都好，她们不会像你这么……无私，什么都为我着想。”

蕾亚不说话了，她低下头，耳朵却变红了。

我笑了起来，可爱的蕾亚。

我早就在心里做过决定，即使我得到了六星女友，也绝对不会将甜蜜的蕾亚抛弃。

谁规定过一个男人不能拥有两个扭蛋恋人呢？

我要女神丝特拉，也要蕾亚。

“蕾亚，你爱我吗？”

蕾亚的身子颤了颤，仍旧低着头，嘴中发出了一声含糊的嘟囔。

我当然知道问题的答案，我将蕾亚抱得更紧些。

她只是一个人造人啊。她出生的意义，就是为了爱我。

06

将那枚三星的扭蛋投入回收口，哐当一声，宣告了我又一次的失败。

经历了太多次失败，我似乎已失之淡然，而蕾亚却每次都显得有些失魂落魄。

“要不，我们不要再继续转扭蛋了吧。”

我将退还的硬币揣进兜里，走在蕾亚身边，开口道。

“我爱的是你，而不是一个缥缈的女神。”

蕾亚的身子震了震，却没有回答。她失落地低垂着脑袋，眼角隐然有泪。

“再试一次吧，最后一次，求求你。”蕾亚轻轻地开口，从口袋里摸出了一枚金币，递给我。

她手心的扭蛋金币在阳光下闪耀着晃眼的光。

看着这枚突如其来的金币，我一愣，忽然想起，昨天小 A 在办公室里大声嚷嚷着有人偷了一枚他刚买来的扭蛋金币。

我恍然大悟。

真是我的好蕾亚。

然后，仿佛是上天提前安排好了剧本，那天第二次站在扭蛋机前的我，有生以来头一次，大概也是唯一一次，看到属于六星的七彩圣光。

07

我和蕾亚回到家，小心翼翼地捧出那颗来之不易的扭蛋。

精致到不可方物的圆形胶囊在阳光下流转着斑斓的色彩，蕾亚捧着扭蛋的手竟有些颤抖。

耀眼的彩光后，一个赏心悦目的身影渐渐在视野中央清晰。

我愣怔在原地，呆呆地看着这个女人，我从没有见过这样完美到无可挑剔的女子。

全身燃烧起火烧般的触感，那是我对蕾亚从来不曾有过的感觉。

她转动着水汪汪的眼睛看向我们，目光坚定柔和，又蕴含着绵绵的情意，让人忍不住便沉沦在她海洋般深邃的眼中。

那是蕾亚口中的丝特拉。

我伸出手，想要拥抱、亲吻我的新恋人，告诉她，为了能够与她相遇，我都做了些什么。

然而，她却径直越过我，走到了蕾亚的面前。

“你走以后，我每天都在想你。”

她缓缓开口，声线优美清亮，仿佛歌唱。

蕾亚松开了我的手。她微笑起来，眼神清澈而又明亮，那是我不曾见过的羞怯。

“我也是。”

“我一直、一直，都在等着和你重逢。

“我爱你。”

然后，我的两位扭蛋恋人在我面前，旁若无人地拥吻在了一起。

组诗：社畜之歌

赵几歪

下班之后，盲人按摩

师傅的手掌力沉千钧
多年来
从人们身上收集的酸痛
现在只须手指一贴
一按
就在我的身体里四窜
一瞬间发作 2 号线地铁挤出来的偏头痛

在逸仙路高架堵出来的腰间盘
更不用说那一捏，一压
接着
揉　拧　钻　滚
——师傅
你真的不用替我
把每天工作的花式拷打
用肉体的方式重新体验一遍
尽管
谁也无法
让一具疲倦的身体不发出嚎叫
在他隐秘的穴位被打开的时候

周五傍晚去不去打球

去
还能不去？
张经理，周四就把全套装备

藏到办公桌下面
他一边敲电脑
一边用皮鞋尖反复确认那些
球包、球拍、球鞋
像一个爆破员检查暗处的引线
老板的房间则由我把守
他的一举一动，我比魔鬼还清楚
而我们尊敬的机长，许总监的
别克君越
停在最靠近电梯口的位置
车头向出口，夕阳已洒下

一切准备就绪
八小时工作制的尾巴也开始松动

作为垫后，我们安排脱在更衣室的三件优衣库衬衫
和老板的古驰领带开例会
总结教训、自我批评

到了球场，尽管因为缺觉、颈椎病

我们动作迟钝，步伐凌乱
但那分明是三个男人
他们快乐
放松，自由
他们大喊大叫
像三头野生的棕熊，在草原上
把张经理、许总监和赵律师
球一样抛向空中
来回反复地抽打

潜艇

每个周末，我都看到
同事的头像在微信列表里沉下去，就像
潜艇一样
周一又浮上来

做爹

上这个班
客户是爹
客户是妈
客户是爸爸

等下了班
我的爸妈
也伺候我就像
我是客户一样

我们的工作无非是一些量词

老兄，这不是夸张，也不是修辞
但我可以确凿地说，哪里都有——
一箱经理

一头老板

一吨会议

一光年报告

一桶年终奖

漏光了

给一亩黑眼圈

施了肥

老兄，让我继续说——

1TB的加班

换来1KB的休息

满桌面的成果

背后是一硬盘的错误

我们会不会每逢朋友就说——

高达八十层的颈椎病

顶着一小盆头发

难得一盎司清醒，适逢加薪

又一蒙棍打晕

老兄，让我们沉默不说——

一青春的简历

是一座座　阴森的合同

一台没有导演的戏

一床叹息，一桌虚无

一局徒劳

校园

实验动物

曹劲

1

“说说这事怎么办吧。”力哥淡淡地说。

胖子把烟头狠狠摔在地上，像是愤然上山的土匪：“咱干了!”

“怎么干?”力哥嗓音沙哑。

“咱就趁其不备，果断下手，弄得干干脆脆，不然一身腥。”胖子抹了把脖子。

力哥吐出一口烟圈，看烟圈缓缓飘散，然后摇摇头。

“不妥。”

“那咱就把麻药给打足了，趁着不省人事的时候，嘿嘿嘿……”老驴低声奸笑，犹如闯入女厕的变态绅士。

力哥让尼古丁在肺里呆了半分钟，从鼻子喷出来形成两道长雾，最后说：

“不行。”

“咱头回接这么扎手的活。”胖子泄气地坐下，又点上一支烟。

“力哥，要不咱把这活推了吧，留得青山在，山水有相逢。”老驴小心翼翼地看着力哥的脸色。

退出的想法只在力哥脑海里考虑了一瞬间。荣誉，耻辱，权利，勇气，这些在这一瞬间纷纷涌上力哥心头。

“不行！”力哥斩钉截铁，“咱可不能叫人给看扁了，这活，拼了命也要接！”

“好！”

“跟你干了，力哥！”

胖子和老驴咬牙立誓。

阿美扶着脑袋，看着这三个弱智。

“给白兔打试剂的破事儿怎么弄得跟要杀人一样。”阿美恨铁不成钢。

2

医学院的日常，总少不了各种生物实验。

今早指导员打电话，叫他们实验一组给老师当助手，提前给实验用的小白兔打试剂，便于上课时直接观察白兔的反应。

这将是他们的第一次生物实验。

3

昏暗的房间。

耀眼的白炽灯。

血迹斑斑的试验台。

白炽灯惨白的灯光下，七只同样惨白的兔子挤在一起瑟瑟发抖，它们被关在钢铁笼子中，靠自己的力量永远不可能逃出来。

四个穿着白大褂的身影围着兔子。苍白、冷漠的白大褂似乎预示着主人的毫无人性。

“准备动手吧。”力哥说，声音沙哑，残忍无情。

“可悲的动物，好日子到头了。”有人冷笑，像个变态。

“好可爱啊。”阿美熟练地抱起一只白白软软的小白兔，少女心泛滥成灾。

“女人不适合干咱这行，破坏气氛!”胖子悄悄对老驴说。

老驴深以为然地点点头。

“开始吧。”力哥摸出一支注射器，和一瓶试剂。

“我来!”胖子当仁不让，加大版的白大褂袖子一撸，拿起一支注射器吸满药剂，抓起一只小兔子就按在桌子上，铜铃大的眼珠瞪着小兔子猛瞧。

小白兔在胖子的大手下根本无力挣扎，惊慌失措地颤动着鼻翼。

汗水，从胖子额头滴落。

胖子心中，进行着艰难的抉择。

动手吧，看这兔子活蹦乱跳的，不大敢；放下吧，阿美看着呢，太丢人。

最终胖子哆嗦着把针捅向了白兔的下腔静脉，捅了半天，手抖始终捅不进去，最终胖子长叹一声，放下注射器。

“我顿悟了，放下屠刀，立地成佛。”胖子盘膝坐下，犹如入定老僧。

第二位上场选手是老驴。

老驴人如其名，一张驴脸，总是笑得为所欲为，别人也觉得他猥琐愈猥。

只见老驴挤开胖子，大骂一声“怂包!”端起兔子，抄起注射器，眼一闭牙一咬，就往兔子屁股上捅!

力哥一看暗叫不好，这样下去兔子肯定会很痛，痛了就要挣扎，说不定会咬伤老驴。

这时候阿美突然爆发了，大吼一声：“你给我小心点!”

老驴吓了个激灵，驴躯一震，硬生生停住了这全力一针。

老驴手上的兔子也吓得兔躯一震，浑身颤抖了几下，随后身心放松了下来。

“滴答滴答……”液体滴落在试验台上的声音，一股暧昧的气息飘散出来，老驴感觉手上暖暖的。

再看看力哥震惊的表情，老驴已经隐隐约约猜到了什么。

“不，不，告诉我，不是真的……”他喃喃着，低头看去。

冰冷的现实，毫无遮掩地展现在老驴面前——

兔子尿了老驴一手。

老驴叫声凄凉，闻者声泪俱下。

阿美无语抬头看天。

这是什么沙雕队友。

“还是我来吧。”阿美无奈地说。

一只有力的大手拦住了她。

“见血的事情，交给男人来干。”力哥沙哑的声音带着不容拒绝的刚强。

力哥一步步走向兔子，灯光打在他身上，犹如赴死的武士。

“连斩我两位兄弟，你，很好，你们，很好。”力哥笑了，是冷笑。

他缓缓地捏起一只兔子，看着兔子四腿悬空无力挣扎，残忍地笑了。他不由分说地提起几十厘米长的大注射器，快狠准地扎向兔子。

力哥狞笑着，仿佛已经看到兔子绝望的表情。

兔子这时候突然一蹬腿，正好蹬在力哥手上。

于是力哥一针扎穿了自己的袖子。

力哥脸色苍白地放下兔子，蹬蹬蹬倒退三步，心中暗叫好险，差点阴沟里翻船！

阿美看着这个终极戏精，难以想象他以后当了医生却像个黑社会的模样。

“够了！”阿美说。

她熟练地把小兔子按在试验台上，高效快捷地一针扎进小兔子体内，推进药水拔出针来，小兔子根本感觉不到多少疼痛就结束了注射。

“这些小生命本该在野外自由奔跑，现在却在狭小的笼子里作为试验品，等待着凄惨死去的命运。”阿美一边打针一边说。

“每一个重大医学发现的后面是数不清的实验动物的白骨，没有它们，就没有现代医学的进步。”

“每一个生命，都是值得敬畏的自然奇迹，每一个生命，在医者眼里都是重若千斤。”

“我希望你们尊重它们，不要再把它们当作玩具。”

七只兔子都注射好了，阿美放下注射器，温柔地抚摸着小兔子，笑得明媚。

阿力，胖子，老驴三个人认真地点点头。

“好的，阿美老师。”

等我上大学就能天天打游戏了

一只氢键

我毕业于大土豆高中，土豆这个名字来源于食堂所有的菜里都有土豆。当我回忆起母校时，除了土豆，第一个想到的就是亲爱的来名湖大王八，我校的标志性动物。（来名湖：模仿北大未名湖而来的名字。）

不知它们近来可好？

听说被高二的学弟们抓去炖了一锅汤，我（没喝到所以）深感遗憾。

那么，愿它们的在天之灵保佑我排位连胜，登顶黑铁四。

仍记得高二升高三的暑假，全年级被迫在校学习，那些无聊漫长的晚自习呀，我悄咪咪从后门溜了去，乘着清风，踏着月光，穿过来名湖边的幽暗小径，与王八们相见——那时我们人类的社交平台流传着“王八艳照门”，无耻的狗仔队竟偷拍了它们交配的场景，所以我特意守在湖边，捍卫崇高的王八权。

“不必感谢，我只是如湖中闪动的那一点星火罢了。”

如今我在大学校园，再也不能愉快地翘掉晚自习找王八们玩啦。我的校服在小学弟小学妹之中显得格格不入，同样是王八绿色，他们的红校徽却真的模仿不来，导致我混进学校的成功率大幅降低。

说到校服，我是多么想念它啊！那坨绿色的王八壳子，又大又厚，又保暖又有安全感，仿佛缩进真正的王八壳子里，隔绝整个冬天。尤其是鲜艳的绿帽子——我高中时已经写了很多篇嘲讽绿帽子校服的东西，今天就放过它了。

万恶之源——可爱的校长，土豆先生，健在否？他老人家整天蹲在来名湖边抓小情侣，夜晚风冷，可一定要多喝热水啊。

小情侣们也真厉害，高中三年那么忙，竟然有空谈恋爱。我就没空，每天十点下课，打 LoL 拿个首胜、

DotA 玩个-fun 一打五、刺客信条一路砍砍砍、搓个炉石昆特牌就到第二天早上了，回学校还要抓紧时间补觉，哪有空谈恋爱啊。

对了，我终于提到正题：支撑我度过高三的，就是“等我上大学就能天天打游戏了”！

那时，触碰鼠标是一种奢侈。每一天，只愿回家的路再短点、电动车的小轮子转得再快点。凉风拍在脸上，河面泛起波光，月亮明晃晃地打在河里，好似鸡蛋黄被搅碎，然后与鸡蛋清永不分离——啊，我也想和心爱的游戏永不分离。

回到家，开电脑，打游戏。

每天拿个首胜并不能满足我，我拉同桌出去上网。我的同桌是个只玩奶妈的小软妹，可惜我不会玩 ADC。ADC 都是些什么弱鸡英雄，竟然不能快乐地 E 来 E 去。

我们为了上够两小时的网，不吃午饭，下课铃响之前就以“上厕所”之名溜向停车场，在放学的交通高峰期到来之前赶去网吧。学校旁边的网吧刚好位于班主任回家的必经之路旁，可我们从来不虚。

烟味、键盘上反光的油、一边嫌弃一边戴在头上的耳机——我们打过的精彩对局就在这样的一幕幕中随时间渐行渐远。后来，香炉跌落神坛，同桌也玩起了剑圣辅助；再后来，高考前最后一次上网，我只记得她的笑，而忘记了她烂在手里迟迟未交的治疗。

等到屏幕自动切出登录界面，是对“出去上网”的尊重。我们在回学校的路上，再回味一下刺激的团战、再吹一波牛×的自己。到了教室随便吃两口零食，上课不约而同地倒头就睡。

在那时，打游戏是这般幸福。

等我上大学就能天天打游戏了。

当我真的上大学，反而还不如高中时爱打游戏呢。好多一直想玩的单机大作买来吃灰，LoL 神圣的首胜也可有可无。打开电脑，面对集齐的主流游戏平台，鼠标一个个路过，最终停在桌面的空白。手指放在 WASD 键，打算想到哪个游戏就去玩哪个——可是什么都没有，我看着桌面发呆。

多想找回高中时的心情呀——那时，慢悠悠地、一步一步踩着教学楼台阶，隐匿在来名湖边小树林的入口，花香伴随蝉鸣飘入我心。树影中鬼鬼祟祟的人——

土豆校长又在蹲小情侣。我抬头看着月亮，凭石子路在脚下向我传递的触感走路，一点一点地，于是整个天空也随我的步子晃。

“四顾山光接水光，凭栏十里芰荷香。

清风明月无人管，并作南楼一味凉。”

那时，我给一个同学写情书：“亲爱的 0/10 小亚索，你好，今晚召唤师峡谷，可否与我共赏月光?”“亲爱的 0/20 小影魔，你好，周末艾泽拉斯，肉山旁边小树林等你。”……

那时，我上晚自习，把手机放在书间，戴上耳机，线藏衣服里，看 LoL 比赛。老师在讲台坐着给排队的几个同学讲题，细微的“嗡嗡”的公式被阻挡在耳机外，严严实实。忽然我没忍住的一声惊叹“×××牛×”，把自己吓得扯下耳机，写了道数学题。

那时，我走在小路上，来名湖很近，几步路，却走得极慢。但愿星星静止、风也凝固，只有我和我的影子，慢慢走下去。

我悄无声息地走在那个永恒的世界，看到来名湖里两只王八在交配。

卷烟

周诚嘉

我手里抓着一根卷烟，用力握住，抬起时却又缓缓松开，递给眼前的这个男人。

学校周围随处都是小摊小贩。我，也是在这里跟他混熟。

江湖人称“甲鱼”，仅仅是因为他的大名的前面两字与之谐音。甲哥，我对他的称谓则是这俩字，也算我这个后辈给前辈应有的尊重。

“老板，跟之前一样的。”

“好嘞，一碗面不加大蒜。”略消瘦的中年男人熟练地用袖口擦去额头上的热汗，微微笑着。一扑粗面被长满冻疮的、龟裂的手抓到冒着热腾腾蒸汽的锅里。

“来一碗料。”中年男人侧脸，微微皱眉，喊道。另一个穿着相当的微胖中年妇女就开始忙活起来。

“老板，能赊账不?”甲哥面露难色，“钱包忘拿了。”

“没事，”我见是个交朋友的机会，率先答道，“我来个跟他一样的。”说完，递出一张崭新的十元，那是我一周的家当。

“谢咯。”男人爽快地接下，咧嘴笑了笑，“两碗!”

“好嘞!”

“你是说，这老师从来不刷牙?”

“偶尔洗次澡都是新闻嘞。”

往后的几日，他在上课的时候主动跟我扯犊子，我这个新来的也算是把这初中二年三班的老师同学们都了解了个遍。

下课铃响，各式各样的人跑到我们桌子前。

这次来的是“狗越”，算是打破了我对外号的固有看法，除了谐音，改个字就能做外号。

“走着?”

“走。”甲哥慢慢起身，走了两步，掉过头来，直勾勾地盯了我一秒，慢慢开口道：“你也一起。把我抽屉里的货带上。”

我侧身，好不容易才勉强能看到他抽屉里的世界。试卷或是成团或是成飞机，笔芯、笔身和笔盖就没有在一起的，辣条的开封处已经被红油浸没，竟散发出一股迷人的香气。

我寻思着货是什么，试探性地抽出一根白色软条。是卷烟，我暗想，这应该就是所谓的货吧。

我不抽烟，不是没试过，只是单纯地不喜欢那种吞云吐雾的感觉。

去看看也好吧，我这样想着，就目前而言，能在这个学校里交几个朋友，可比单纯地抽几口二手烟划算得多了。

“你试试?”甲哥凑在我的耳边说道，距离太近使得我没法看清楚他的面孔，口中喷出的热气钻进耳道里，仿佛把我整个人抓起来揉成一团又很快松开。

“不了，家里管得严。”

甲哥松开了手，不知是失望还是欣慰地淡淡轻语：“行吧，也好。”

随着甲哥的带领，人群自然而然地形成一条走道，畅通无阻。偶尔从熙熙攘攘的人群里蹿出来一两个，笑着喊一声甲哥，便跟在了队伍后面。

等我们到顶楼走廊末端的厕所的时候，已经有五六个人聚在那里，再算上甲哥的队伍，十二三个人浩浩荡荡地聚集在仅仅只有四个坑的厕所里，就连厕所该有的恶臭都被吸得一干二净，剩下的只是其中一人早上吃过大蒜的奇香。

“东西带了吧?”其中一个壮硕的高个男生说道，饶有趣味地瞟了甲哥一眼，随后从口袋里拿出一沓一块钱的纸币，面无表情地开始清点。

我缓缓地把口袋里的卷烟抽了出来，轻手轻脚地递给甲哥。

“这几天比较忙，就弄到一根，过两天会到货，那个时候直接能出一盒。”甲哥接过烟去，在人中处擦过，细嗅卷烟的香气，“这根很正。”

那个高个男生从那沓钱里抽出来五张，递给甲哥。

甲哥熟练地接过，放进口袋里，顺带拿出一个塑料打火机，拿起卷烟一点就着，大吸一口后猛烈地咳嗽了一声，递给那个高个男生。

他接过后也是猛地一吸，并不像甲哥那样咳嗽，而更像是享受般地闭上了眼睛，一团青烟缓缓从他的鼻孔里流出来。那个男生把烟嘴朝着我，说道："来一口？新来的。"

"不了不了。"我连忙挥手拒绝，他脸上的冰冷挥之不去，带着一抹淡淡的微笑。

那个男生见状，把烟递给了他旁边的另一个矮个子男生，他吸了一口之后，露出了同样的神情。一圈下来，回到高个子男生手里的时候，卷烟只剩下一半。

"走了。"甲哥拍了拍我的肩膀，把我往厕所外面推，"现在没我们什么事了。"

上课时间，甲哥虽然还是跟我聊天，但是对厕所里那事闭口不提，既没有告诉我他们抽的是什么，也没有告诉我抽的人是谁。

直到三天后，甲哥跟那位男生约定的日子到了，我的旁边却是空的，甲哥没来学校。

那一天，好多人跟我打听甲哥的去处。

冬天寒冷，我的左手一直都放在口袋里取暖，直到放学才抽出来，发现指甲缝里有些绿色的碎渣，好像是上次卷烟的碎末，从烟嘴处漏了出来。

烟丝好像不是绿色的，我心中满是疑惑，随即心头一紧，意识到这可不是一般的卷烟那么简单。与此同时，一股对甲哥和他身边所有人的恐惧感油然而生。

来到学校，甲哥又出现在了他的位置上，但现在再次看着他的笑，心里却有些发毛。

“今天终于弄到货了。”第一节课下课之后，甲哥就兴奋地跟前来“探望”的越哥说道，越哥听了，自告奋勇地出了教室去通知所有人。

“甲哥，你家里要是有什么困难跟我说，我尽可能地帮助你，但是……”

就在我还在脑海里排练这段话的时候，甲哥叫住了我，好似短短一瞬间，课间休息时间最长的第二节课就已经下课了。

“拿上货，哦不，整盒都带上。”甲哥的声音把我打回现实，他站在教室门口朝着我挥手。

我低下身子，朝他的抽屉里探望过去。拿出一个铝制的小盒，里面装满了已经晒干的、绿色的长叶。我倒吸一口凉气，再度低头，找到了小盒的盖子，只见那上面毅然写着两个大字：

龙井。

老师谈钱伤感情

西普

一

我的高中，位于县城。环境清幽古朴，自古以来就是文人墨客所向往的有山有水的地方。县里也拿山水大做文章，关闭了所有的工业园，政府的财政收入来自旅游和上面的补贴。

但毕竟是县城，人的眼界与格局总会被限制，我不止一次告诫自己，绝对不可屈死在这小县城里。

在学校，挑战权威的行为并不鲜见。那些人通常成绩垫底，喜欢三五成群、拉帮结伙，在学生当中形成一股势力，恃强凌弱，时常惹是生非。通常情况下，一般学生唯恐避之不及，不敢与之有过多交集。

事实上，除去这一种身处明处只会玩世不恭的杂碎。蔑视权威的人，在暗处，还有一种。

与那帮杂碎相反，这种人成绩常年位居榜首，不与人结成势力，虎踞一方。平时不动声色、懂得配合，行事克制而理性，但是骨子里似乎有一种天生的傲慢，喜欢自命不凡，并不会把学校的权威放在眼里。

显然，我属于后者。

即使所有老师都待我不薄，但这不影响我看不起他们。

二

在通常情况下，我自然不会与老师发生冲突。但偶尔，若某些事情令人难以接受，往往会引出一场精心设计的报复。

虽然上面三令五申不让补课，准高三补课在各地都是一样的普遍。上面的检查往往是隔靴搔痒，学校总能全身而退。对此，所有学生心知肚明，也用不着做困兽之斗。

那天，一切照常。铃声响过，所有人回到座位坐好，老师却迟迟未到。班主任的课。我们派班长去催，回来，说老师就来。四五分钟后，班主任才姗姗来迟。此时离铃响已超过整整一刻钟。

他推开门，缓缓合上，不急不缓地走向讲台，把手机顺势往讲台上轻轻一甩，双手撑住桌面，扒在讲台上，摆出一副平日少见的心不在焉的样子。这自然让我看得很不爽。

“迟到了几分钟哈，学校刚下通知。”他扬了扬手机。

“谈到补课费的事，原本我们开会已经定好的，每人50块钱一节课，现在又改到了45。”

他扫视一圈静得出奇的教室，顿了顿，用一种刻薄的市侩口吻说道：“那好办！50块钱就上50块内容的课，45块钱就上45块钱的课，反正最后吃亏的不是我，是不是?”

话音刚落，班上顿时议论纷纷。还有几个女生嗲声嗲气地说：“老师，别这样咯……”好像学生欠了他什么似的。

这让我十分反胃，来了句：“老师！谈钱伤感情呐！”

“××，不谈钱，我们老师要饿死哦！”他似乎有点莫名的气愤。

我没有接茬，只觉得胃里一阵翻腾，对他的行径表示轻蔑。但是，并不解恨。所以当晚，我向市教育局投了匿名举报信。与别人不同，我另外也向省里电视台投了一份邮件。当然，我在匿名举报信里强调了这一点。

三

加持了省里电视台威胁的举报信的作用立竿见影，记者们如约而至。

当天，我们在上英语课，老师正单手攥着课本，在两条过道里踱来踱去，同时嘴巴里念叨着带有口音的英语。离他远点的同学借机交头接耳，飞鸽传书。我也盘算着等会用什么填饱肚子。

突然前门发出一阵惊呼，门被人撞开了，所有人被毫无征兆的一幕吓了一跳。只见班主任探进上半身，露出那颗满头大汗的标志性地中海发型的脑袋，他一边喘着粗气，一边朝里火急火燎地喊："紧急通知！今天延迟下课！"然后又朝着英语老师喊："打铃不准放人！"

"那什么时候下课？"英语老师一头雾水。

"等下看微信群里的通知！"说完便摔门而去。不一会隔壁班也传来一阵熟悉的惊呼。

作为教务处主任，他好像还颇有风范。

我却嘲笑他的愚蠢：既然有微信群，又何必上门通知？转念一想，又感慨他的精明——谁又能保证每个老师都跟他一样在课上玩手机呢？

我们便被关在教室里自习，到下午一点半才把我们放出去。所有人都一肚子怨气，同时满腹狐疑，但是这些并不能果腹，学生饿得发昏，老师亦然。

这时候我才知道，举报信奏效了，省里电视台的和市里教育局的来了。我欣喜万分，准备看着学校骑虎难下。不料学校却有惊无险，把上层糊弄过去了。

听他们说，有人提前给学校走漏了风声。于是学校紧锁大门、藏好学生，严阵以待。记者和领导中午来到学校，只见大门紧闭，里头看上去冷冷清清，加上县中领导的搪塞，事情就自然而然地糊弄过去了，上面也没有追究。

就结果而言，也并非令人失望：次日，学校突然以天气过于炎热为由，提前给我们放假，而且时间延长了将近半个月，这让所有人喜出望外。

我想："想必这次算搅破了那些老帮菜谈钱的美梦。"

四

今年暑假，从上海回到老家。晚饭后，与父亲一起去散步。谈到想去看看高中的老师，也不知毕业后老师近况如何？

父亲的回答却让我心里一沉。"去年，你们班主任因为不满教师工资常年被克扣，与周围的县工资差别巨大，正好赶上国家要求教师工资不得低于公务员工资，于是他就和几个老师到上面去谈，但是没有谈成。

"他不甘心，与几个老师在机关门前打横幅，搞得满城风雨。上面迫于压力给所有老师涨了工资。

“本来是好事一桩。可是好景不长。暑假时县里突然抓补课，你们班主任被免职了，其余部分老师也受到了波及。我就搞不懂，他升到副校长，工资高了那么多，为什么还要去冒这个险？”

“抓补课不是做做样子的吗？”我有些疑惑。

“往年是，去年突然就严了，可能是结了梁子吧。”

“你是说他们工资常年被克扣？”

“对的。普通老师三四千一个月要养活全家，也的确是强人所难。你们老师也是教书过来的，也难怪想去帮帮基层老师。”

……

散完步，走在回家的路上，觉得场景与氛围煞是熟悉。恍惚间，好像回到了晚自习结束后回家的情景，想到我早已被“外面的世界”磨平的自命不凡与年少轻狂，想到当年老师对“谈钱伤感情”的回答，内心突然被一种突如其来的凄楚与荒唐占据，像糊了铅一样无声无息地往下坠去……

烟味何处来

赵丰年

这是他第无数次尝试，也是第无数次失败。

这是他心有余而力不足的事儿。这不赖他，是的，他想，这是他无能为力的。

“让我盘腿儿坐就像瞎子画画，聋子弹琴！”他叉开腿坐在看起来有些潮湿的水泥地上，索性要起无赖来。

“黄宾虹八十岁以后几乎是个瞎子不也画画嘛！贝多芬后来不也聋了，不还写曲子呢嘛！你再试试！”她叉着腰，躬下身，像是要斗鸡一样，还是不放弃。

教室里，惨白的灯光在惨白的墙上反射，使她如雷诺阿画中的女子那样红扑扑的明艳脸庞罩上了一层清冷的白霜。大部分的世界静止了，动的只有嘎吱嘎吱缓慢轮回的电扇。他的视角好像变为了鱼眼镜头。她鬓角的头发以夏日特有的凌乱姿态，紧贴在她满是汗水的脸上，如上好青瓷上的冰裂纹。

“喂！你想什么呢！”她挥舞着的手把他拉回现实。

他咳嗽了一声，掩饰着尴尬。

上课铃响了。他爬上了自己的椅子。是的，动词没用错。

该死的脚疾。

他把脑袋伸到前面问：“你为啥这两天非得让我学盘腿儿坐？”

她头都没回：“为了看你那笨样儿，好玩。”

他笑了笑，把双臂交叉到胸前，靠回了椅子背。只有她能这样，这样肆无忌惮地说着他的短处。大家现在都爱心泛滥，每天为了自己充足而无处释放的同理心而四处施舍，施舍对象有流浪猫狗和他。年末分班费，班长都多分他五块钱。一开始他还试着拒绝，可最后他发现拒绝只会被人说是“因身体残疾而性格怪异”，索性也就接受了这些对他无用的帮助。

但她从来不帮他，甚至还没事儿假装绊他一下。这也是他和她成为最好朋友的原因吧。至于她为什么跟他成为好朋友，他想，也许是因为他永远不会被别人误会成她的男朋友吧。

她的头发零零散散地盖在他的笔袋上，他有些厌恶地把笔袋挪到了一边。虽然在他印象中她是一个如川端康成笔下“脚趾缝都干净的女子”，但最近她身上老是有一股烟味儿。他最讨厌烟味儿了，因为他小时候被那个爱抽烟的二百斤女邻居家的狗咬过。

她身上为什么有烟味儿呢？

就她，每年都是优秀团员三好学生，视校规校纪为圣旨，借她个胆儿也不敢抽烟。

那是为什么呢？

他放心地开始走神，因为他知道老师不会叫这个起立需要龇牙咧嘴、脚不停抽搐的学生回答问题。

烟。香烟。抽烟。抽烟的人。每天早上几乎没有烟味，所以应该不是家人抽烟。大课间后烟味尤其大。手上有烫伤。身上没有烟或者打火机。这矛盾啊。那么每天大课间又发生了什么呢?

“咚。”

是他想得太专注了，伴随着下课铃声，他从椅子上摔了下来。在一哄而上搀扶他的同学形成的缝隙中，他隐约看见她从教室后门一闪而出。

笔袋里多了张纸条：“自己去体育场后面的月季丛。”

一反常态，她的字迹竟然不那么潦草。纸上隐隐约约有刻痕，看来为了写得工整一点，她写了不止一遍。真是有趣啊，字这么漂亮，就是为了写一句像是武侠小说里比武战术的话?

有大事要发生啊。

一步两步三步，月季丛若隐若现。体育馆后侧的窗户沾满了蛛网似的灰尘，以至于不再反光，只是无底黑洞般地吞噬着阳光。体育馆常年没有人用。这就像闹市中隐藏着的女巫之家。放学后，也许就有骑着扫帚的女巫破窗而出，在塑胶操场上盘旋，把单杠变成俊美的少年陪她们飞翔，暂时忘了人类为她们准备的熊熊火焰。

浑身发冷，放慢脚步。

她人呢？

“喂！你想什么呢！”

她从灌木中冒了出来，像是维纳斯的诞生，诞生在长了发菜的湖里。

她笑着，笑容好像让身边的空气蒸腾了起来，为她的出场营造了缥渺的烟雾。

真是个奇女子，同时拥有东西方的神秘。

他急忙忙地穿进了灌木。

“提前一天的生日快乐！”

她左手拎着一袋羊肉，右手拎着一袋鱼丸，脚下沸腾着酒精锅。

她为他准备了火锅！

“我……”

“你什么你，谁让你经常嚷嚷想吃火锅！我是被你嘟囔闹心了。我辛辛苦苦半个月，天天来这个破地方收拾准备，这一袋子羊肉你必须吃光，要不然打断你另一条腿！这地方小，你不盘腿儿没法坐，我没办法给你拿了个小板凳……”

他站在那里，不知道说什么，脸上肌肉都有些僵硬。他太开心了，开心到无暇去笑。他想发疯般地昭告全世界，却又知道这事儿要是让老师知道了，那就不只是通报批评了。

沸腾的快乐以100摄氏度向外溢出，不释放出来的话，他会爆炸的！

索性，他深吸了一口气，闭上眼睛，一把打开了虚掩着的窗户，向里面大喊：“我好幸运啊！”

回声阵阵。

她在后面笑着。

“喂！你想什么呢！快把窗户合上，过来吃啊！”

他没吭声。

他正和教导主任对视。教导主任蹲在无烟校园宣传牌前面，手上夹着一根未灭的烟。

作弊

东北的夏夜，也会偶尔燥热几次，让人燥得无心睡眠。这种燥热不仅来源于天气，也来自于心情。

米州师大出台新规定，期末考试，挂三科者，会被自动劝退。好多同学都疯了一样复习，哪怕是拿电灯泡子捣蒜呢，也总得捣两下。毕竟挂三科就被劝退，太危险了，每逢期末考试，好多人习惯性地挂上四科、五科的。

唯独任航，也不复习，打网游打到半夜十二点。正准备洗漱睡觉，一推开洗漱间的大门，嚯！只有六个水龙头的洗漱间挤了十三四个人，都是二十啷当岁的大汉，光着膀子，踩着拖鞋，戴着眼镜，拿着书本，那场景，煞是诡异。有的坐在马扎上，有的站在地上，有的干脆蹲在暖气片上，让人想起了小品里的那句台词，“树上骑个猴”。

任航：“你们都是铁打的啊？不睡觉啊？大半夜脱得秃了光叽的，一帮大老爷们儿凑一起干啥呢？”

徐宏岩：“大哥，明天考外国文学，你会啊？不复习，挂科，毕不毕业了？”

任航：“咋不毕业呢？不毕业我干啥来了？赴宴来了？”

“那你不复习？等着劝退呢？”

“劝退我？我是那听劝的人么？”说完，洗把脸，任航转身回屋睡觉了。

任航已经被劝退过一次了。大一期末考试，七科全没及格，文学院当时就要劝退他，他父亲求遍了各种门路，又缴纳了赞助费，才没勒令他退学，允许重修课程，而且在大二期末考试时，也要跟着大一考试，算是补考，惹得大一的师弟师妹都问任航：“师兄，你重读了？咋我们一考试你就来呢？”

不过这回不一样，挂三科劝退的规定不是文学院规定的，而是校里制定的，任航家里的门路未必行得通了。任航知道自己平时根本不听课、不学习、不读书，考试压根儿没有过的希望，所以也没打算复习，考前给各科老师都送了礼品，少数几位老师也拍胸脯保证：“平时成绩算你个及格，但是卷面成绩不及格，谁也保不了你！”

任航明白，老师们大概也够意思了。只要自己卷面能打60分，他们就不会追究自己平时逃课、睡觉之类的事儿。

小鸡儿不尿尿，各有各的道儿！学校出期末考试题都是有题库的，所有试题都在题库中，抽中哪些今年就考哪些，而学校的一家复印社搞到了大部分专业的题库试题，专门出售给任航这样的学生，让他们在考试中作弊。虽然大家都知道：作弊远远比挂科更加危险（因为作弊面临的是开除，而非劝退）。但对于任航来说，二者似乎没有太大区别。

任航之所以能安心睡觉，就是因为他去复印社买了缩印题库。密密麻麻的小字，跟蚂蚁赛似的，多亏任航从小不爱学习爱睡觉，视力保持得完好无损，一双 5.2 的眼睛，烁烁放光，否则还真看不清缩印题库上边写了什么。本来任航还打算研究下缩印题库，明确下试题位置，但一看小字就心烦，直接就塞进了裤兜里。

他想：只要考试时拿出缩印题库，找到试题在题库里的位置，考试一定会及格，保不齐还打高分呢。

第二天一清早，男生们像霜打的茄子一样进了考场，驼背都困直了，不用问，都是昨晚深夜复习闹的。唯独任航，精神百倍，稳稳当当坐在座位上，等着老师发卷子，左边裤兜里塞满了缩印题库。

试卷发下来，看了一眼，任航不敢明目张胆地抄，要是被老师当场生擒活拿，那就真的得求爷爷告奶奶了，作弊被抓不是闹着玩儿的。他早就计划好了，先假装答卷，记住一些分值高的试题或选择、填空题，然后请假去洗手间，在洗手间里翻题库，背答案，回来直接答卷。

翻了翻试卷，果然，自己会得不多。

第一道论述题，“简要叙述莎士比亚四大悲剧”，任航想了又想，写道：“莎士比亚四大悲剧，即：第一部悲剧、第二部悲剧、第三部悲剧和第四部悲剧，它们写得很好，意义很重大。”

还有一道填空题，“《堂吉诃德》中主人公的伙伴（）”，任航想了想，写道：“一头驴”。其实任航平时挺爱看小说的，这书他也看过，可他无论如何也想不起“桑丘”这个名字了，只记得主人公骑了一头驴。写出这个答案他还不痛快，继续补充道：“动物是人类最好的朋友，所以是主人公的伙伴”。

监考老师走过他的身边，看了一眼卷子，忍不住捂嘴乐。任航不以为然，继续在考卷上胡编乱造各种答案。

考试进行到一半时，任航觉得时机差不多了，举手向老师请假，说是要上厕所。老师露出暧昧的目光，笑了一下，点点头。任航知道，这帮老师，蛮明白学生是怎么回事。

任航洋洋得意，进了厕所，把门一锁，还点燃了一颗烟。俗话说得好："厕所一颗烟，赛过活神仙。"

一颗烟罢，从贴身兜里掏出缩印题库，密密麻麻的小字。任航气定神闲，定睛一看：

好么！上边全是试题，果然！所有的考题都在这张小纸上。

但是——没有答案！只有试题。

任航一道也不会！

冷门书单

古代猫奴行动指南

——霸气外露的古人撸猫圣经

宋睿洋

如今当你们打开微信就会发现一个很有意思的现象，满屏都会出现各种可爱的猫咪头像，如果不注意你甚至会觉得自己进入了一个猫咪集中营。在互联网的世界里，无数网络潮咖因为直播自己与猫咪的日常，传授猫奴经验以及铲屎官的“圣经”，通过每天能够萌掉牙的猫咪九宫格照片，成为一个又一个网络新贵。不得不说，人类与猫奴生活的一切已经成为了现实社会里流行文化的重要一部分，而这种文化背后显示出的意义也颇具探讨价值。其实在古代早就有人写过有关猫科知识的一切，其内容之全面堪比法国的猫科词典，今天笔者就为大家介绍一下这本来自清朝的《猫苑》。

这本书出自清代咸丰年间，由王出桐所著，全书一共包括了七部分："种类""形象""毛色""灵异""名物""故事""品藻"，对于有关猫的一切描述得细致入微颇有意思，同时广泛地收录了有关猫的典故和各种寓言，以及许多和猫科知识有关的失传作品，在古籍种类保护的考量上有着典藏与研究的意义。不仅如此，这本猫科大全在阐述各类猫的时候，并非信口雌黄，在那个没有相机的年代为了去证明其存在的真实性，便通过引用各类古籍里的语句用以验证有关各种猫的类别以及猫性特征的存在，这样的用典会让比较有文学功底以及有考据癖的"老司机"非常感兴趣，比如里面描述种类的部分：

"香貍有四外肾，其能自为牝牡。（《酉阳杂俎》）（汉按：《楚辞》之神貍，与《星禽图》之神貍，名实似乎不同，盖一指兽言，一指星精言。）"

"一种玉面貍，人捕畜之，鼠皆贴伏不敢出。（《广雅》）（汉按《闽记》：牛尾貍，一名玉面貍，亦善捕鼠。）"

“一种名蒙贵，类猫而大，高足而结尾，捕鼠捷于猫。（《海语》）（汉按：《广东通志》作獴猿，有黑白黄貍四色，产暹罗者最良。安南亦产蒙贵，见《八紘译史》）”

诸如此类的例子几乎是数不胜数，这里因为字数原因无法一一详述，从中我们可以看出，对于猫的命名，其实古代的叫法虽然没有那么口语化，不过听起来更具有美感，以及中国古代典型的文人语境意识。而今天大多数猫咪的名字听起来更加口语化，而且作为宠物真正进入了寻常百姓家里，有的甚至比人的地位都要高。

所以，这是猫咪统治人类的时代。

不仅是科普，在养猫的方面，古人可以说是细致到了神经质的程度，对于我们现代人来说可能就是猫砂、粮食之类的，但古人都是根据猫的品相不同来进行喂养的，作为一名曾经的猫奴，不得不佩服古代铲屎官之精神。

我这里只举几个例子，剩下的猫奴朋友们可以自己去查找：

“头面要圆。面长会食鸡，所以说，‘面长鸡种绝’。”

“尾要长细而尖，尾节要短，且要常摆动。尾大主猫懒，常摆便有威，所以说，‘尾长节短多伶俐’，‘坐立尾常摆，虽睡鼠亦亡’。”

“身上要无旋毛。胸口如有旋毛，主猫不寿。左旋犯狗；右旋水伤。通身有旋，凶折多殃。”

在《猫苑》中有些对于猫的品相的说法不但结合了周易八卦，而且在最后还讲述了有关能让猫成精的方法，当然这些大部分都是扯淡，但我们足以在这样的文字背景之后窥探到那个时代人与动物之间的平衡状态，相互交融了解的关系，以及当时的社会氛围与文化背景。《猫苑》所映照的我们的现实其实同样有着折射的意义，颇有《金瓶梅》之于现实的味道，虽然比不过那些历史正传，却从侧面表现了最真实的历史样貌。而当今社会猫奴文化之兴起，与人们承受的社会压力和在技术爆炸下无法找到心灵归属都有着不可分割的关系。

另类趣味解读人类工业文明

——撩开中世纪神秘面纱的《黑石头的爱与恨》

宋睿洋

打开微信里的雾霾地图小程序你会很明确地看到各个地区不同的雾霾情况，然后深吸一口气，默默感叹自己真心是大自然的雾霾搬运工，从某种程度上来说，工作职能已经和屎壳郎没有任何区别了。

在全球范围内环境污染的今天，那些足以致病的因素其实都来源于人类本身的行为。要想了解社会能源代谢与污染的内在逻辑，可以看一看美国的巴巴拉·弗里兹撰写的《黑石头的爱与恨》。这位作家兼明尼苏达州的助理检察长，从事环保执法工作长达十二年。作为一名在环保部门任职多年的“老司机”，也许是现阶段的状况让她倍感焦虑，因此才有了创作冲动，写下了这本以能源之王“煤”为核心的《黑石头的爱与恨》。

作者试图用煤作为叙述的核心，从中世纪一直谈到今天，当然这本书里描述的并没有这么简单。在作者的笔下，煤虽然黝黑丑陋，但作为曾经统治地球的生物高度浓缩后的遗迹，它带给我们的远不止是能源。这本书不仅让煤为我们揭开了中世纪的面纱，同时还兼顾了相对趣味的历史性，不得不说它写得很有尿性。

比如在《英国宝石》这一章里讲述煤在英国的历史进程：“罗马入侵英国后，发现有一种露出地面的岩层在原野中尤其引人注目，那是一种深黑色的矿石，泛着柔和的光芒。一位罗马作家称之为‘英国宝石’，因为它很容易被雕琢和打磨成华丽的首饰。一时间，英国因出口这种珍贵的物资而声名大噪，罗马国内的时髦市民也迫不及待地用这种首饰装扮自己。”

历史很多时候都是相似的，在英国也不例外。煤的发现其实来源于平日装束的风尚，这其实和英国本身的民族文化也不无关系。当人们对一种新事物有了美的认识，接下来才会机缘巧合地去深层次研究这到底是什么东西，但万万没想到的是，这却成为了工业革命的一大契机。

当然，一切的能源都躲不开掠夺与被掠夺，占有和被占有。

“罗马入侵英国后，他们发现这些黑色的小饰物不仅时尚漂亮，而且还具有一种令人惊讶的神秘特性——易燃。这种被称为‘煤精’（这个词后来演变成了‘煤玉’，如‘乌黑的煤玉’）的矿石，其实就是一种纯煤的特有形态。然而，由于人们分辨不清煤玉和煤，因此许多罗马人戴的似乎并不是煤玉，而是普通的古老煤块。”

煤的利用其实和我们现代工业的很多地方都有相似之处，之后污染和大面积疾病以及工业革命的出现，资本家纷纷兴起，压迫与自由、社会资源的分配等随之而来的充满民主气息的命题也在整个世界遍地开花。

在《踏上革命征程》的那一章里，作者写道：“英国之所以能够接纳煤，绝不仅仅因为它是一种推动力，而是还有其他重要的经济、科技以及农业的因素，包括在全球商业和奴隶买卖中的统治地位为英国带来的大量金钱。”

在煤作为一个国家核心能源控制人们生活的那个年代，百姓似乎毫无疑问地充当了资本与权力的案板肉，任人宰割。当社会资源的积压到了一定程度，矛盾激化之后社会潮流开始变动，于是《国际歌》响彻整个世界。

不过即便是这样，这也不过是资源的再分配而已，阶级固化虽然被短暂打破，但是资源的用法还是没变，唯一的区别就是换了一批人用而已，在这里作者本人其实也是有着自己的反思的。

“一种呛人的烟雾充斥着伦敦的大街小巷。不久，贵族们就发起了一场示威运动，反对使用这种新燃料。旋即，国王爱德华一世明令禁止使用煤做燃料。但人们普遍对这项禁令置若罔闻，于是，一项随之被通过的法令规定，初次用煤的人将被施以‘重金罚款’；如若再犯，就毁掉他们的熔炉，以示惩罚。”

作者在《可以移动的气候》这一章里写下这样的纪实，我觉得可谓是意味深长。当政府明白过来煤的污染打算启用新能源治理雾霾的时候，守旧的民众其实是接受不了的，所以这时便要体现法律的意义，意识先锋的举措能得到广泛认同，往往需要强有力的法律措施做基础。

其实，无论怎样，巴巴拉写这本书绝非是给大家普及煤本身那么简单，其实看标题我们就知道了，“爱与恨”这里面的“爱”固然是煤曾带给我们每个人的喜悦，而“恨”则是我们因为掠夺的原因让自己置于被毁灭的危险境地。所以在当今的社会，当新的能源再次进入世界视野的时候，我们至少能从历史的魔咒里获得经验，不让雾霾遮住了下一代的眼睛。

烧不掉的幽默

——『那本书有毒，比千只蝎子的毒性还大』

王元

禁书写了什么其实并不重要，重要的是它被列为了“禁书”，终免不了被一把火烧掉或者被在线清除。推翻一个朝代，把它的旧宫殿给烧了，“付之一炬可怜焦土”，这是形而下的；把前朝的意识形态给灭了，前朝推行法家我就推儒家，前朝官修的书都列为禁书，这才叫“诛”。

在翁贝托·艾柯的小说《玫瑰的名字》里，侦探威廉被委托调查修道院连环谋杀案，经过险象环生的调查，最终发现是一个虔诚的基督徒在一本禁书上涂了毒，杀死了所有读者。大家就好奇了，其中究竟写了什么大逆不道的内容呢？原来是已经遗失了几个世纪的亚里士多德《诗学》的第二卷，谈论的是“喜剧”和“什么是幽默”（与第一卷的“悲剧”主题相呼应），并且据侦探推测，在这卷书里可能还鼓励了类似于孟子“尽信书不如无书”的质疑精神。最后凶手没能毒死侦探，自个儿撕毁禁书并吃了下去，还一把火烧了修道院，以敬仰上帝之名行杀人放火之实。

读者依据蛛丝马迹猜测凶手之时，翁贝托·艾柯早已埋下伏笔：有人在修道院里讲了个笑话，立马被那老古板凶手给喝止了。在整个故事里，诚如作者所言，“由于过多的美德，地狱之力占了上风”，狭隘取代了宽容，造成了信仰自身的崩坏，并且他还非常风趣地将“喜剧”与“悲剧”割裂开来，只承认悲剧的伟大力量，而否认幽默的积极态度。他把幽默简单等价于三俗，把“笑”同轻浮画上等号。我们既知有趣的灵魂赋予人魅力，也深谙缺乏幽默感之害人。林语堂曾批评腐儒“斤斤拘执棺椁之厚薄尺寸，守丧之期限年月，当不起庄生的一声狂笑”，又道“我所爱的是失败时幽默的孔子，是不愿做匏瓜系而不食的孔子，不是成功时年少气盛杀少正卯的孔子”。

我想翁贝托·艾柯所写的这个故事本身已经恐怖如斯，但如果换作年轻僧侣冒着生命危险去偷去争一本禁书，老古板一样杀人放火，最后大家拆开里三层外三层的包装一看，书上面啥字都没有，真本提前被另一个人怀着某种可疑目的调包了，或者根本没有所谓的真本，那么这个故事就更能佐证“列为禁书”要比禁书本身值得深思。就好比日本恐怖故事中往往都会出现一个类似“牛之首”的都市传说，传说本身必须要足够隐匿，紧紧攒在拳头里才能带来更大程度的惊悚感，但围绕这个传说展开的故事却是如手上青筋般真实可见的。

在现实中为幽默代言而被禁的，有民国曹聚仁所编《真正老牌幽默文选》。该书是蒋介石政府“文化高压政策”下压之愈重、报之愈烈的产物，其中便有鲁迅讲的政讽笑话：“明朝有一个武官叫说书人讲故事，他便对他讲檀道济——晋朝的一个将军，讲完之后，那武官就吩咐打说书人一顿，人问他什么缘故，他说道：‘他既然对我讲檀道济，那么，对檀道济是一定去讲我的了。’”《真正老牌幽默文选》五卷分别名为“幽默”“优骂”“忧懑”“油滑”和“迂谬”，我以为这些个标题很得老牌幽默真意。讽刺造就幽默，譬如鲁迅《文学上的折扣》中提到的“双耳垂肩”要打对折、“白发三千丈”要打两万扣；巨大的反差也能造就幽默，譬如鲁迅《幸福的家庭》中主人公的丰满理想与骨感现实。倘若《玫瑰的名字》里的老古板没成为凶手，其存在本身也能归类到迂谬式的“幽默”吧。

明代的李贽辛苦写了一部书，心中有数必然是部禁书，干脆起名叫《焚书》，一曰《藏书》，果不其然在明清两代被焚被藏了N次。人要出世，书隐于世，天底下可没这等便宜事。李贽当朝一代“网红”，与道学家们唇枪舌剑在所难免。鲁迅曾言读书人大抵分两类——才子与君子。当时李贽要认领才子，耿定向等人想做君子，实在说不上谁对谁错，况且李贽在《焚书》中不过批判了当时的主流意识形态程朱理学，挑战经典《大学》，强调读孔子不可邯郸学步不可东施效颦，提倡解放思想、解放生产力和商业，讲不理财怎么理天下而已。虽用了“不过”“而已”二词，但诸位也可从我的措辞中体会李贽观念的超前，正好比站得高的智者眺望说远处有海，底下的人偏不信还要把他烧死。等到大家当真发现远处有海，已到智者的曾曾曾孙辈了。李贽出版这本《焚书》时已是暮年，可能自认没什么遗憾，且从《续焚书》中可见他早已安排好了自己的结局，赴死也很从容，我想他或许非常期待并且坚信——经历了一段时间的黑暗，或许会抵达一个焚书不再焚、藏书不再藏的年代。

我并非要为所有禁书申辩，有些禁书禁得有理，而有些至少要设个“18+”。比如《金瓶梅》。就从它的质量来说一生不读一遍是很遗憾的，但是如果年纪太小就去读，反而可能被其中所批判的扭曲三观带入歧途，会误以为金钱真能凌驾道德之上主宰一切了，又或者把腐败和官官相护放到古代的价值观里去洗白：你看西门庆坏事做尽吃瓜群众还是很尊重他、巴结他，为何？人家从帽子鞋子扇子车子到妻子，全都彰显了俩字——“有钱”。往往只有具备一定阅历，才能发现它作为世情小说的价值，比如其对人性和官场入木三分的刻画，比如贯穿全书的佛道义理思想，再比如西门府从骄奢（用格非的话说是富贵到"鲥鱼未至皇宫先进西门府"）转落魄两相对比的写法，一度也被《红楼梦》的作者所参考。至于今日尊为"四大名著"的《红楼梦》，也曾是道学家亲封的禁书。

格非在《雪隐鹭鸶——〈金瓶梅〉的声色与虚无》中所评判的《金瓶梅》的世界，首先是一个社会矛盾骤变的物质世界，其次是"不信而姑信"的精神世界（和"以佛反佛"的信仰矛盾），最后才是一个充斥着情爱纠葛、家庭矛盾的欲望俗世。故而《金瓶梅》一书被禁的理由，很可能是作者所要表达的最末最浅的部分，是即目所见的"雪"，而不是我们"找一找"图片游戏里要寻的白色鹭鸶。因此有学者甚至认为，若把此书情爱部分全"和谐"了，反倒是去瑕显瑜。书中所体现的"金钱崇拜"和"消费无罪"可谓前无古人、今有来者，譬如西门庆有言："兀那东西（银子），是好动不喜静的，怎肯埋没在一处。也是天生应人用的。一个人堆积，就有一个人缺少了。因此积下财宝，极有罪的。"此话也就是今天经济学上"货币本是纸（电子结算方式），只有放到市场上流通才有价值"的另一种说法。而以西门庆正妻吴月娘为代表的人们烧香拜佛竟是跟风与伪善，精神信仰只好堕落为物质崇拜，逻辑上也站得住脚。

关于明代社会矛盾日益尖锐、程朱理学等传统道德已无法统御三观这方面，格非征引了李贽（就是前面提到的那位）在《藏书》中的一句有趣的箴言——“昨日是而今日非矣，今日非而后日又是矣”。李贽认为，错与对、是与非、真理与谬误可以互相转化，不能在变化的世界里始终沿用过去的“是非”观和道德观。所以才说李贽超前超纲了几百年，被禁也不算太冤。你太聪明、太前卫，人岂能轻易理解你包容你？

要检验“禁得有理”与值得阅读的区别也不难，那便是虽禁不止、经历一代代读者的检验仍幸存终见阳光的禁书，或许可以一观。

壹佰

生死相关

书单：

《此生未完成》/于娟

《当呼吸化为空气》/保罗·卡拉尼什

《只有医生知道》/张羽

《烟雾弥漫你的眼》/凯特琳·道蒂

这四本书虽然各有侧重，但是它们的主题都与生死有关，从不同的角度教我们如何面对生死，我的阅读顺序是从《此生未完成》到《当呼吸化为空气》到《只有医生知道》最后到《烟雾弥漫你的眼》。这四本书的逻辑链，能给我们一个完整的视角去了解死亡。从古至今，由于受到儒家文化等因素的影响，我们对死亡这个话题虽说还没有达到“谈虎色变”的程度，但也差不了太多。但是死亡作为我们每个人生命中的最后一环，只有经历了死亡，我们的生命才能形成一个完整的闭环。因此，直面死亡，是我们每一个人的必修课。

首先是《此生未完成》，这是四本书中最好入手的一本，它从患者的视角讲述死亡，描述了普通人在即将面临死亡时经历的怀疑、挣扎、绝望，最后到接受的一系列心理过程和行为表现。其次是《当呼吸化为空气》和《只有医生知道》，这两本书都是从医生的角度去描写死亡，但是侧重点不同。《当呼吸化为空气》是讲述当医生转变为病患，面对死亡时他的应对方式，全新的视角会让我们更容易进入作者的描述中；《只有医生知道》重点在于描述女性疾病，作为上一本书的补充，在了解死亡之后，它还给我们讲述了一些保养身体的方法。最后一本《烟雾弥漫你的眼》是站在殡葬从业者的角度去描述死亡，虽然说这本书的语言比较轻快，但是视角切入得过于直接，如果没有前面三本书的过渡直接阅读它的话我个人觉得会难以接受，阅读效果可能就不会这么好。

一、《此生未完成》——生命的意义

《此生未完成》这本书可以说是于娟女士的病记随笔。于娟女士是复旦大学的老师，这本书完成之后，她也因为疾病永远地离开了我们。

书中的内容并不单单只有她的抗癌经历，还有她写给她儿子的信以及她早年的生活经历和人生态度。读这本书的时候我经常会觉得心酸，常常会惊异于小小的一个女子在面对突如其来的癌症时那般勇敢，像是英勇的战士奔赴癌症的战场，并满心期待着有朝一日衣锦还乡。

这本书也诚实地记录了她在面对疾病时的心理变化。与千千万万个普通人一样，在面对疾病初期，怀疑和抱怨占据了她，她也经常会想“为什么是我？我不抽烟不喝酒，为什么是我不是别人”，而在多种治疗方式都效果不明显的时候，她也曾轻信民间的一些乡野医生和所谓的偏方，以至于花了不少冤枉钱。作为一个高级知识分子，她的抗癌经历不算特殊，但却真实而动人，书中的描述更贴近我们作为一个普通人在面对疾病时的所思所想，但又进行了提高，更容易使我们产生共情。

这本书没有一丝丝病态的呻吟，反而充斥着生命的激情和活力，有些地方甚至引得你会心一笑，但是笑过之后，徒留深深的遗憾，可谓是造化弄人。我们需要多久，才能弄清活着的意义？于娟女士在生命的最后阶段终于找到了答案，可惜，代价是巨大的。她知道这条追寻答案的路太过艰辛，太多的人为之付出了生命，这条路太不好走，正是因为她知道这一段路之不易，才不愿意让更多的人去经历和体会这些。我很幸运读到了这本书，它像是一条捷径，周围不是万丈深渊，而是于娟女士乐观、坚强地活着的模样，指引我们探寻活着的意义。

二、《当呼吸化为空气》——生命的重量

《当呼吸化为空气》主要是以医生的视角讲述死亡，

当一个前途一片光明的医生面临绝症时，他是怎么度过的。作者保罗·卡拉尼什作为一个优秀的神经外科医生，在新婚不久、即将获得斯坦福医学院外科教授职位并主持自己的研究室时，突然查出患有第四期的肺癌，可以说是在即将到达人生巅峰时受到了致命一击。

保罗是个比普通人更害怕无聊的人，生在中产阶级家庭，从小便善于思考，有一位出色的医生父亲，但他刚开始并没有选择走父亲的路投身医学，而是对文学具有浓厚的兴趣，这是因为他对生命的本质有着强烈的好奇和探索欲，从阅读、文学、生活里不断找寻答案。当他感到这些并不能给他满意的答案时，又义无反顾地投身医学。

可能也是因为他对生命本质的不断追寻和孜孜不倦的深入，再加才智加持，他很快在医学领域闯出了一片天地，获得了美国神经外科医师协会最高奖项。在他即将获得斯坦福外科教授职位，并拥有自己的研究室时，肺癌晚期症状出现了。

书中描写的他对病情的抗争非常的真实感人，以医生和患者的双重视角讲述了死亡。除了他作为普通病人对于疾病的焦虑之外，他也从医生的视角比我们更理性地看待死亡，其中不少思想值得我们去学习。在看完将进一个月后的今天再写下这本书的推荐语，可能有些细节已经模糊，但是留下的却是对我触动最深的东西，反而更加真实。

疾病不仅使得身体难以忍受，同时也使得他更加感受到生命的流逝，更加珍视已经擅自开始倒计时的生命，他想用更大的力量去抓紧时间。在实现自己的人生价值的同时，身体状况的渐渐恶化也使他不得不直面死亡的结局。

书中的结尾部分也非常精彩。作者在患病期间仍然坚持力所能及的工作，而在生命的最后时刻，作者却选择了以类似于安乐死的方式结束自己的生命。这种看似轻视生命的方法却让我感受到了生命的重量。只是因为重视，才会选择结束。蔡康永老师在评价本书时也提到了生命的重量：如果觉得活得轻飘飘的，没有什么意义，那么这本书会像一个镇纸，令我们想起生命的重量。

“我准备好了。”

他的意思是：

准备好撤除呼吸辅助设备，准备好注射吗啡，准备好去世了。

三、《只有医生知道》——生命的去向

《只有医生知道》这本书堆在我数量庞大的购物车里已经有些时日了，之前觉得它只不过是我购物车里“暗无天日”的普通一员，之所以会想要读它，很大一部分原因是由于于娟女士的《此生未完成》，在书中，她多次提到了女性尤其要注意自己的身体健康。由于现代人的一些传统观念，对妇科病的了解非常片面，以至于很多人不重视它，当终于知道自己忍不住了，痛得受不了了，这才呼天喊地地寻求医生的帮助，可是每当到这个时候，常常因为已经错过了最佳的治疗时间而使得病情难以痊愈，从而不得不牺牲子宫、卵巢去延长自己的生命，悲矣。

这本书从一个医生的角度教我们怎么去面对生活中的不如意。外科手术出现失误的事件并不少见，每个人

都是独一无二的存在，身体的构造也有这样那样细微的不同，或许正是因为我们每个人身上独有的标记才使得手术的结果可能会有巨大的差异。上帝通过疾病的方式造访人间，医院里总在发生大大小小的失误，尽管概率很小，但是落在你身上造成的伤害却是百分之百。在现实生活中，不可能每个人都去学医，但是如何看待医疗过程中的意外，如何看待生活中的不如意，是每个人都应该学习的。相信现代医学，也相信自己，摒弃过多主观的行动，让自己的内心归于平静，一切都在朝着冥冥之中命运的方向前进，结局总归不会太坏。《沉思录》中有一句话："想象一下所有悲叹或不满于一切事物的人，他们就像一只做牺牲的猪那样挣扎和叫喊。"

"作为病人，如果你连最基本的医学常识都不了解，对属于自己的女性身体一无所知，那么，你连对话和讨价还价的能力都没有，除了任人宰割，你拿什么来保护自己呢?"不是所有的医生都能守好自己那颗"救死扶伤"的初心的，为了更多的经济利润，经常对病人实施"过度治疗"，再加上病人对病理知识的极度匮乏，此招屡试不爽。如果这样的过度治疗只是损耗了些钱财，没关系，还可以再挣，毕竟是身外之物。但是有一些过度治疗在女性身上刻下的深深刀痕，影响深远，甚至成为终生的痛苦。了解病理学常识对于我们自身来说是非常重要的，我们在未来的某一天可能会将自己的生命交托给医生，即使是这样，我们也要尽可能多地了解自己生命的去向，去医院花钱治病是为了减少伤痛，不要把它变成一个伤痛累积的场所。

四、《烟雾弥漫你的眼》——死亡的暴力美学

最后一本书是《烟雾弥漫你的眼》，主角是一位殡葬行业的从业者，准确地来说是一位刚入行的火化师。不同于上面的三本书，这一本书的主体是尸体，描述了不同种族、形状、遭遇的尸体的火花。从尸体这个角度切入，会让我们更直接地面对死亡，也正因为此，在我看来有一些暴力美学的色彩在。

有趣的是这本书的语言描写却很轻快，不乏趣味性，死亡主题和轻快节奏的矛盾使得这本书在有意义的同时又不那么乏味，说教性弱，很好入门。这本书通过

对尸体的频繁描写使我们接受死亡，给我的一个直观感觉就是死亡也没有什么大不了的，从而减轻对于死亡的逃避。

我认为这本书中的轻快叙述正是我们面对死亡时应该持有的态度，活着要坚强，死时却要轻轻的。

这本书从另一个角度告诉我们怎么样去面对死亡。中国的传统文化一直以来对死亡都非常的忌讳，但事实上，我们终将面对死亡，在死亡到来时，我们有没有勇气去接受它，如何去接受它，是这四本书共同传递给我们的。书中的作者在面对死亡时，也跟我们一样，有过焦虑、绝望、自暴自弃等等正常的情绪，但是当死亡真正到来时，他们也学会了坦然接受。

同时，这四本书也告诉我们生命的重要性和脆弱性，我们永远不知道意外和明天的太阳哪个会率先到来。因此，对于死亡，我们要勇于面对，但更重要的是，对于生命，我们要更加珍惜。在活着的时候，多陪陪家人、朋友，那些荣誉浮华，比不上现世安稳。

最后引用于娟老师的一句话结束这篇文章：“许是太苍老，该经历的都经历了；许是太年轻，该经历的还没有去经历。因为不再青葱，所以不会再故作沧桑想什么是岁月，什么是人生；因为还没有成熟，所以也不会那般总结性地去想什么是成就，什么是得失。该有的日子会那么一天天过去，现世安稳，岁月静好，理应是现实生活最平稳的底色，至于人生理想，且作个信念，有如锦上添花的金丝线，若不得机会绣上去，不添花也没啥，也罢了。毕竟，人不能没有心气儿，却不能仅仅活那口子心气儿。”

图书在版编目（CIP）数据

到云朵上面去/ 王若虚主编. -- 上海 : 上海文艺出版社,2021
(有趣书系)
ISBN 978-7-5321-7896-4
Ⅰ.①到… Ⅱ.①王… Ⅲ.①短篇小说—小说集—中国—当代
Ⅳ.①I247.7
中国版本图书馆CIP数据核字 (2021)第109457号

发 行 人：毕　胜
责任编辑：乔晓华
封面设计：人马艺术设计 · 储平

书　　名：到云朵上面去
主　　编：王若虚
出　　版：上海世纪出版集团　上海文艺出版社
地　　址：上海市绍兴路7号　200020
发　　行：上海文艺出版社发行中心
　　　　　上海市绍兴路50号　200020　www.ewen.co
印　　刷：苏州市越洋印刷有限公司
开　　本：787×1092　1/32
印　　张：9.25
插　　页：2
字　　数：135,000
印　　次：2021年6月第1版　2021年6月第1次印刷
I S B N：978-7-5321-7896-4/I.6263
定　　价：48.00元